Nathalie Salem

Elinas Reise zu den Sternen

Autorin

Nathalie Salem ist Malerin und Autorin. Sie kam 1966 als Tochter eines libanesischen Vaters und einer deutschen Mutter in Syrien zur Welt und wuchs in Königsbrunn bei Augsburg auf. Nach dem Studium der Slawistik, Politik und Volkswirtschaft in München lebte sie längere Zeit in Brasilien, um zu malen und zu schreiben. Neben zahlreichen Ausstellungen und Engagements an Kunstprojekten veröffentlichte sie 1998 im Knaur-Verlag als Co-Autorin ihr erstes Buch »Daime – Brasiliens Kult der heilenden Kraftpflanzen«. »Elinas Reise zu den Sternen« ist eine überarbeitete Neuauflage von dem 2006 im Froh & Frei-Verlag erschienenen zweiten Buch. Dazu konnte sie das Planetarium Augsburg für Lesungen in Verbindung mit einer Multimediashow gewinnen. Informationen zu weiteren Büchern der Autorin finden sich auf dieser Homepage: www.nathalie-salem.de.

Nathalie Salem

Elinas Reise zu den Sternen

Neuauflage 2020

Bibliografische Information der Deutschen Nationalbibliothek: Die Deutsche Nationalbibliothek verzeichnet diese Publikation in der Deutschen Nationalbibliografie; detaillierte bibliografische Daten sind im Internet über www.dnb.de abrufbar.

Neuauflage, Dezember 2020
© 2020 Nathalie Salem Herstellung und Verlag: BoD - Books on Demand, Norderstedt Satz: Rolf D. Richter
Umschlaggestaltung: Laurin Meyerratken/Nathalie Salem

ISBN: 978-3-7526-3873-8

Inhalt

Elina trauert

Manche von den geladenen Trauergästen schienen den Tod von Oma mit der größten Selbstverständlichkeit der Welt zu betrachten. Andere wieder, vor allem die Älteren bekamen so merkwürdig rotumrandete Augen. Augen, die ihnen anscheinend schmerzten und denen dennoch keine Träne entwich. Sie schnieften am Grab, als wollten sie einen lästigen Schnupfen in die Nase zurückbefördern. Aber alle waren gekommen, um Oma dort am Grab Lebewohl zu sagen.

Die Tanten tätschelten Elina über den Kopf und erkundigten sich danach, wie alt sie denn nun sei.

»Zwölf Jahre«, antwortete Elina, ein klein wenig enttäuscht über die Frage.

Wissen die denn immer noch nicht, wie alt ich bin? fragte sie sich.

»Wie schön, da hast du ja noch dein ganzes Leben vor dir«, meinten sie. Elina fand das im Moment alles andere als »schön«. Ihr war schwer ums Herz, denn gerade fand die Beerdigung ihrer geliebten Oma statt. Im Gegensatz zu den anderen hielt sie ihre Tränen nicht hinter dem Berg.

Der Tod von Oma – was das bedeutet, war Elina vor zwei Wochen noch völlig unklar. Es hatte alles so harmlos begonnen. Oma war doch einfach nur auf dem Boden ausgerutscht. Der

Arzt hatte sie zur Untersuchung ins Krankenhaus geschickt Doch dann kam sie nicht mehr nach Hause zurück.

Dann sagten die Eltern zu Elina vor ein paar Tagen, dass die »Oma von uns gegangen sei«. Elina konnte das gar nicht richtig verstehen. Wohin ist sie gegangen und wer hilft ihr jetzt im Haushalt? Elina war durcheinander.

Und nun dieser schreckliche Beerdigungstag. Lauter ernstdreinblickende und schwarzgekleidete Erwachsene drückten sich in dem Haus von Elinas Eltern herum. Wieso reisten so viele Verwandte und Bekannte herbei? Erst neulich an Omas siebzigsten Geburtstag feierten sie alle fröhlich miteinander. Nun hatten sie sich wieder versammelt, doch Oma fehlte. Die Atmosphäre war fast nicht zu ertragen.

Ihr Papa hatte kurz vor dem Begräbnis zu ihr gesagt, sie »solle nun ganz tapfer« sein. Aber wieso »tapfer sein«? Wozu? Das Komische war, dass sie immer noch das Gefühl hatte, Oma würde leben. Als wäre sie nur kurz verreist und käme bald wieder. Sie hatte Oma doch so liebgehabt. Sie konnte sich nicht vorstellen, Oma nie mehr wiederzusehen zu können. Manchmal kam es ihr sogar vor, als ob Oma sie beobachten würde. In solchen Momenten war sie sich ganz sicher, Oma stünde neben ihr und sah ihr zu. Sie fragte sich, wo Oma sich jetzt wohl aufhalten mochte.

Sie versuchte sich an ihre »Ömsch«, wie sie Oma auch genannt hatte, zu erinnern. Ömsch, die stets hartgekochte Eier mitbrachte, wenn sie zusammen in den Urlaub fuhren und die sie schon gleich nach der Abfahrt im Auto aus der Tasche packen durfte, obwohl Mama zuerst dagegen war. Und war es nicht Oma, die Elina zum Geburtstag Ölfarben geschenkt hatte und ihr beibrachte, wie man die Farben mischte? Damals hatte Elina gelernt, einfache Gegenstände abzumalen. Bei Oma durfte sie abends lange aufbleiben, außerdem las Oma Geschichten viel länger als Mama vor. Immer wenn Elina so richtig krank war und das Bett hüten musste, kam Oma und verabreichte der Enkelin Medizin, die sie nach altbewährten Hausrezepten selbst zusammengemischt hatte. Meist ging es Elina danach gleich besser. Nun war sie gestorben. »Von uns gegangen« wie auch der Pfarrer beim Gottesdienst mit gewichtiger Mine gesagt hatte. Dabei hatte er sie doch gar nicht gekannt, zumindest hatte Elina ihn nie im Haus ihrer Oma gesehen.

Selbst Papa und Mama verstand Elina an jenem Tag nicht. Sie wirkten so traurig und ratlos. Aber anstatt sie in den Arm zu nehmen, beschäftigten sie sich nur mit Beerdigungskram, den passenden Kleidern und ob Elinas Fingernägel sauber waren. Sie hatten ihrer Tochter eigens für die Beerdigung schwarze Lackschuhe gekauft. Die drückten nun fürchterlich.

Nach dem Leichenschmaus, allein der Name flößte ihr ein wenig Angst ein, fragte Elina ihre Eltern, wohin denn die Oma nun gegangen sei. Alle sprachen davon, aber keiner konnte ihr eine Antwort geben. Auch die Eltern zuckten nur verlegen mit den Achseln und antworteten:

»Sie ist jetzt im Himmel.«

»Welchen Himmel meint ihr? Den über unserem Haus?«, hatte Elina weitergebohrt.

»So ähnlich«, entgegnete Mama, »Elina, lass uns darüber ein anderes Mal sprechen.«

Sie gab die Fragerei auf. Die Eltern waren zu beschäftigt mit dem Verabschieden der Verwandten und den Gästen im Haus.

Einige Wochen waren inzwischen verstrichen, als Elina schlecht zu schlafen begann. Entweder konnte sie nicht richtig einschlafen oder sie lag lange nachts wach und grübelte vor sich hin. Immer wieder drängten sich ihr Gedanken an Oma und ihren Tod auf. Vielleicht ist Oma gar nicht gestorben oder sie befindet sich einfach nur »woanders«? Ist mit dem Tod das Leben vollkommen erloschen und vorbei? Mit diesen und ähnlichen Gedanken zermarterte sich das Mädchen ihren Kopf, bis die Müdigkeit sie in den Schlaf zwang. Morgens war sie dann oft erschöpft und hatte trotzdem keine Antwort auf ihre Fragen gefunden. Und immer noch dachte sie intensiv an Oma. Sie hätte ihrer »Ömsch« doch so viel zu erzählen.

Traum oder Wirklichkeit

La - le - lu – nur der Mann im Mond schaut zu,
wenn die kleinen Babies schlafen, drum schlaf
auch du...
(deutsches Wiegenlied)

Eines Nachts wälzte sich Elina ganz besonders
unruhig in ihrem Bett.

»Du schläfst ja immer noch nicht?«, wunderte
sich Mama, als sie abends nochmals nach dem
Rechten sah, bevor sie ins Bett ging.

»Mama, bleib doch bitte mal da«, bat Elina,
»Ich möchte dich etwas fragen!«

»Ja, mein Liebes«, Mama strich ihr zärtlich
übers Haar, »Was möchtest du mich denn fragen?«
Sie setzte sich neben Elina aufs Bett und betrachtete sie zärtlich. Elina schien in Gedanken versunken, doch nach einer Weile fragte sie:

»Mama, hast du Angst vorm Sterben?«

»Oh je, du stellst vielleicht Fragen. Ja, schon.
Aber daran wollen wir doch nicht denken, oder?«

»Wie ist das, wenn man stirbt? Ist mit dem
Tod das Leben zu Ende?«
Mamas Stirn zog sich in lange Falten.

»Tja, das ist eine schwierige Frage«, seufzte
sie. »Ich fürchte, ich kann sie dir nicht beantwor-

ten. Das kann nur der liebe Gott. Manche meinen, mit dem Tod ist alles vorbei. In der Kirche sagen sie, die Guten kommen in den Himmel.«

Sie blickte zu Boden, dann sprach sie leise:

»Elina-Schatz, ich habe mich mit dem Tod noch nicht näher befasst. Wir Menschen versuchen die Zeit, in der wir auf der Erde sind, so schön wie möglich zu gestalten und unser Leben zu genießen.«

Sie sah Elina in die Augen und sprach:

»Kind, du bist noch sehr jung. Lebe dein Leben und mach dir nicht so viele Gedanken über den Tod.«

Damit gab sich Elina jedoch nicht zufrieden.

»Muss man erst sterben, um in den Himmel zu kommen?«, bohrte sie weiter.

»Wie kommst du denn darauf?« fragte Mama.

»Weil ich Oma wiedersehen möchte«, entgegnete Elina traurig.

Die Antwort schien Mama zu bewegen.

»Ich denke, Oma lebt sicher in einer anderen Form weiter. Du solltest endlich schlafen«, fuhr sie fort. »Quäle dich nicht mit solchen Gedanken!«

»Aber ich will es wirklich wissen!«, beharrte Elina.

»Ich finde, du solltest dich wieder hinlegen«, Mama strich die Bettdecke zurecht, »und stattdessen was Schönes träumen!«

Sie wünschte ihr eine »Gute Nacht« und verließ das Zimmer.

Elina blieb wach. Das Thema ließ sie nicht mehr los. Sollte mit dem Tod tatsächlich alles zu Ende sein? Ob es Oma wehgetan hatte zu sterben? Warum muss man überhaupt sterben? Welchen Sinn macht das Leben, wenn man doch alles irgendwann mal hinter sich lassen muss?

Mamas Antworten befriedigten sie keineswegs. Zwar hatte sie zugegeben, dass sie sich nicht vorstellen konnte, dass mit dem Tod alles vorbei sei, doch mehr wusste sie auch nicht.

Das viele Grübeln ermüdete Elina allmählich. Sie drehte sich zur Seite, gähnte und versuchte zu schlafen. Sie schlief jedoch nicht, sondern es kam ihr so vor, als ob sie sich nur in einer Art Halbschlaf befand, zwischen Wach sein und Träumen. Sie lag auf dem Rücken und öffnete wieder die Augen. Über ihr schien die Zimmerdecke leicht zu vibrieren. Sie spürte einen feinen Windhauch, der an ihr Gesicht streifte. Elina fröstelte ein wenig. »Was geht hier vor sich?«, fragte sie sich. Auf einmal bemerkte sie die Umrisse eines kleinen Männchens, das von der Decke herabgeschwebt kam. Sie rieb sich die Augen. Und wirklich, da war ein kleines Männchen, das vielleicht

14

einen halben Meter groß war. Es hatte helle zerzauste Haare und trug einen ulkigen grün-roten Anzug. Auf dem Kopf hatte es so etwas wie eine Zipfelmütze auf. Elina lag vor Schreck starr in ihrem Bett und betrachtete das Männchen fassungslos.

»Guten Abend Elina!«, sprach das Männchen sie an, »Hab keine Angst!«

Erschrocken richtete sich Elina in ihrem Bett auf.

»Wer... wer bist du?«, stammelte sie.

»Erkennst du mich nicht? Ich bin's, der Sandmann. Der, der die Träume bringt!«

Elina betrachtete den Zwerg erstaunt. War das ein Hirngespinst oder konnte sie ihren Augen trauen?

»Ich weiß, du fragst dich, ob ich echt bin oder ob du gerade träumst«, sagte er freundlich, »aber das ist nicht so wichtig. Du kannst nicht schlafen wegen deiner Großmutter. Möchtest du sie besuchen?«

Hastig rutschte Elina ins Bett zurück und zog die Decke an ihr Kinn. Konnte sie ihren Augen trauen?

»Es gibt Träume«, sprach das Männchen, »die wir für wirklich halten und manchmal halten wir die Wirklichkeit für einen Traum. Vieles ist möglich. Also, möchtest du deiner Oma einen Besuch abstatten?« Er lächelte.

Elina betrachtete das Männchen. Er sah so aus, wie sie sich den Sandmann immer vorgestellt hatte.

»Lebt sie denn noch? Weißt du etwas über sie?«, fragte sie den Zwerg.

»Sie befindet sich nicht mehr in deiner Welt, sondern in der *Anderswelt*.«

»Die Anderswelt? Was ist das und wo ist das?«

»Die Anderswelt ist eine Welt, die neben deiner Welt existiert. Es ist ein geistiger Ort, der für Lebende in der Regel unsichtbar ist.«

»Kann man denn dort hingelangen?«, hakte Elina nach.

»Möglich ist alles«, sprach das Sandmännchen. »Dazu braucht man viel Mut, Willenskraft und einen offenen Geist. Du würdest auf dem Weg dorthin nicht alleine sein. Jemand begleitet und beschützt dich. Du musst ihm aber folgen und auf die Anweisungen achten, die dir gegeben werden.«

Elina war überrascht. Was sagte das Männchen da gerade? Es gibt eine »Anderswelt«, wo ihre Oma sein könnte? Das klang ungeheuerlich.

»Mmh...Ich weiß nicht«, zweifelte sie, »Ich habe Angst. Warum sollte ich dir glauben?«

»Wie gesagt, du wirst beschützt sein. Es ist ein echtes Abenteuer!«

Elina überlegte fieberhaft, ob sie sich darauf einlassen sollte.

Der nächtliche Besucher grinste sie an. Er zog eine Dose aus seiner Hosentasche hervor. Sie besaß die Form eines Sternes und blitzte silbern. Der Zwerg öffnete das Behältnis und holte etwas daraus hervor. Elina war neugierig geworden. Was hatte der Zwerg bloß in der Dose? Sie erinnerte sich an die Geschichten vom Sandmännchen, die ihre Mutter ihr immer vorgelesen hatte. Natürlich, es waren Sandkörner, die er der Dose entnahm. Forschend blickte er in ihre Augen:

»Bist du bereit für ein Abenteuer? Wie gesagt, du musst keine Angst haben, wenn du dir selbst und einem Beschützer vertraust!«

Elina schluckte. Sie zögerte einen Moment und nach einer Weile sagte sie zu dem Sandmännchen:

»Einverstanden!«

Sie starrte ihn gespannt an. Er kam auf sie zu und lächelte sie an. Bevor sie noch etwas sagen konnte, streute er ihr geschickt Sandkörnchen in die Augen. Sorgfältig verschloss er die Dose und verstaute sie in seiner Hosentasche.

Schließlich verneigte er sich vor ihr und sagte:

»Nun besuche ich noch andere Kinder. Hab keine Sorge, wir sehen uns bald wieder. Ich wünsche dir eine wundervolle Reise!«

Er stellte sich auf Elinas Bettkante und sprang in die Höhe. Von einem Moment auf den nächsten war nichts mehr von ihm zu sehen und zu hören. Er schien sich in Luft aufgelöst zu haben. Als ob das Zimmer ihn vollständig verschluckt hätte.

Entgeistert starrte Elina auf die Stelle, wo er verschwunden war. Vielleicht hatte er sich nur versteckt? Sie knipste das Licht an. Alles sah aus wie immer, ihr Bett, ihre Spielsachen... keine Spur mehr von einem Männchen. Vielleicht hatte sie doch nur geträumt.

Mit einem Mal verspürte sie eine heftige Müdigkeit. Sie schaltete das Licht aus und kuschelte sich in ihr Bett. Oma fiel ihr wieder ein und dazu die seltsamen Worte des Sandmannes. Gab es eine Möglichkeit für sie, ihre Oma zu besuchen? Oder war alles nur ein Hirngespinst gewesen?

Kaum hatte Elina die Augen geschlossen, tanzten blitzende Lichter vor ihren Lidern auf und ab. Rührte dies von den Sandkörnern her? Sterne in verschiedenen Größen erschienen in hellgrün-phosphoreszierenden Farben, um sogleich wieder zu verschwinden. Sie schlang die Decke fester um sich und verfolgte fasziniert das Farbenschauspiel, welches sich vor ihrem inneren Auge abspielte.

Die Begegnung

Als Elina die Augen aufschlug, war es taghell. Erstaunt spähte sie um sich. Sie lag auf einer Wiese, die sie noch nie zuvor gesehen hatte. Hohe Grasbüschel versperrten ihr die Sicht. Erstaunt richtete sie sich auf, um die Gegend besser inspizieren zu können. Vor ihr erstreckte sich eine weitläufige Ebene mit steppengrasähnlichem Bewuchs. In der Ferne ragten Berge, die eine bizarre Landschaft vermuten ließ, empor. Augenscheinlich befand sie sich in einem Tal von gigantisch großem Ausmaß. Die Sonne strahlte darüber und tauchte die fremdartige Landschaft in ein goldfarbenes Licht. Wie Wellen bewegten sie die goldglänzenden Gräser im Wind. Die Gegend wirkte menschenleer und es war still. Kein Laut regte sich. Wo war sie denn hier gelandet? Träumte sie noch immer? Was ging da vor sich? War der Sandmann daran schuld? Verwundert betrachtete sie die fremdartige Umgebung.

Plötzlich unterbrach ein Räuspern die Stille. Elina fuhr erschrocken zusammen. Sie drehte sich um. Jemand blinzelte sie neugierig zwischen dem Gras an. Ein Windstoß bewegte das Gras hin und her, so dass sie ganz deutlich die Umrisse einer Gestalt erkannte.

»Sandmännchen? Bist du's?«, rief sie, wich jedoch einen Schritt zurück.

Der Räusperer erhob sich. Elina war überrascht, einen Jungen zu sehen, der nur ein paar Jahre älter als sie sein mochte. Eine Hand hatte er auf seine Brust gelegt und beobachtete sie. Elina bekam es mit der Angst zu tun. Ihr Herz schlug auf einmal heftiger. Der Junge schien das zu bemerken, denn er lächelte sie wohlwollend an.

»Du brauchst dich nicht zu fürchten! Ich tue dir nichts«, sprach er.

Sein Lächeln wirkte sehr geheimnisvoll.

Elina nahm allen Mut zusammen und fragte beklommen:

»Wer bist du? Und wo bin ich?«

Der Junge trat auf sie zu. Nun konnte sie ihn deutlich sehen. Er war so groß wie sie und hatte dunkle schulterlange Haare. Er trug einen enganliegenden Anzug in blauer Farbe, welcher mit goldroten Mustern um die Brust verziert war. An der Stelle, wo sich das Herz befand, war ein roter Kreis aufgestickt, in dem ein Stern gemalt war. An den Füßen hatte er rotbraune Schuhe, die am vorderen Ende spitz nach oben verliefen. Angesichts seiner komischen Erscheinung musste Elina schmunzeln, denn er sah so lustig aus. Noch nie hatte sie eine so eigenartige Kleidung gesehen. Sie wirkte eher spaßig als furchterregend. Das ist aber ein sonderbarer

Vogel, dachte sie insgeheim. Ob er zum Karneval geht?

»Guten Tag Elina!«, begrüßte der Junge sie.

Höflich verneigte er sich vor ihr, mit einem verschmitzten Grinsen im Gesicht.

»Ich heiße Astron.«

Er ließ die Hand sinken und zwinkerte ihr zu. Nun stand er ihr Angesicht in Angesicht gegenüber, so dass sie direkt in seine Augen schauen konnte.

»Du hast ja Sterne in den Augen!«, kreischte Elina vor Verwunderung.

»Das scheint dir nur so«, schmunzelte Astron. »Hab keine Angst!«

»Na ja, ich fürchte mich schon etwas«, antwortete Elina wahrheitsgemäß. »Ich verstehe das nicht. Zuerst habe ich vom Sandmann geträumt. Er erzählte mir etwas von einer Reise und einem Abenteuer. Dann bin ich eingeschlafen und jetzt bin ich hier. Kannst du mir das erklären... und außerdem, woher kennst du meinen Namen?«

Elina verlor langsam ihre Scheu. Sie war neugierig darauf, zu erfahren, wo sie sich befand und wer denn dieser geheimnisvolle Astron sei.

»Oh, ich weiß noch viel mehr über dich. Ich bin da, um dich zu trösten und zu beschützen. Der Sandmann hat dir nur geholfen, hierher zu kommen«, sprach der Junge und schaute sie fröhlich an: »Willkommen auf *Mira*!«

»Mira?«, rief Elina entgeistert.

»So heißt meine Heimat, hier wo du bist.«

»Willst du damit sagen, dass…«, Elina stammelte.

»…du dich in einer anderen Dimension befindest.« führte Astron den Satz zu Ende.

Elina starrte den Jungen an.

»Eine andere Dimension? Das verstehe ich nicht.«

»Es ist wie mit dem Träumen. Wenn du schläfst, ruht nur der Körper, der Geist führt jedoch sein eigenes Leben und sucht das geistige Reich auf. Während des Träumens empfindest du deine Erlebnisse und Eindrücke als sehr real. All die Dinge die du siehst – Astron deutete auf seine Umgebung – existieren in deinem Bewusstsein. Sie sind Erscheinungen deines Geistes. In deinem Bewusstsein gibt es ein Tor, durch das du zu anderen Realitäten reisen kannst. Sie existieren neben deiner dir vertrauten Realität. Sowohl im Schlaf als auch im Wachzustand kann der Geist – das ewige Bewusstsein – solche Reisen unternehmen.«

Verwirrt ließ sich das Mädchen auf die Wiese sinken. Der Junge erläuterte, dass Elina dies alles im Moment nicht nachvollziehen könne, doch würde sie es mit der Zeit verstehen lernen.

»Eines Tages erzählst du es sogar einer Frau, die deine Geschichte niederschreiben wird«, behauptete er.

Elina fühlte sich mit einem Mal ganz elend.

»Ich will heim«, jammerte sie.

Der Junge lächelte sie mitfühlend an. Auch Mira, bemerkte er, sei ihr Zuhause. Sie sei schon oft hierhergekommen, wenn auch nicht immer so gezielt wie dieses Mal. Bald kehre sie wieder in ihre vertraute Umgebung zurück. Elina begann jedoch zu weinen. »Das verstehe ich alles überhaupt nicht«, schluchzte sie.

Wo war sie nur hingeraten? Eigentlich müsste sie in ihrem Bett liegen und schlafen. Doch da geschah etwas Merkwürdiges. Astron stand mucksmäuschenstill vor ihr. Er strahlte vollkommene Harmonie aus und lächelte in einem fort, jedoch bemerkte Elina wie der kreisrote Fleck auf seiner Brust zu pulsieren begann. Für einen kurzen Moment zitterte sie. Eine Welle der Hitze durchfuhr ihren Körper. Plötzlich spürte sie ein sachtes Vibrieren in ihrem Körper. Das Pulsieren verstärkte sich. Elina hätte schwören können, für einen Bruchteil von einer Sekunde an Astrons Sternensymbol einen regenbogenfarbenen Strahl wahrgenommen zu haben, der zu ihr zielte. Ihr wurde wärmer, bis sich eine angenehme Empfindung einstellte. Das Wohlgefühl breitete sich so stark aus, dass Elina sogar laut gluckste und vom

Weinen ins Lachen wechselte. Auch in ihrem Herz kribbelte es lustig. Auf einmal fühlte sie sich wohl auf Mira.

»Was... was... passiert denn nun?«, prustete sie los.

»Ich schicke dir Energie, damit es dir gut geht«, erwiderte Astron.

»Hihi, haha, hihi auf – höhö...höreeeen!«, Elina bog sich vor Lachen.

Schon lange hatte sie nicht mehr aus vollem Hals gelacht, wie in diesem Moment, wo sie inmitten einer phantastischen Blumenwiese diesem seltsamen Jungen gegenüberstand. Sie kicherte noch eine Weile, bis das Kribbeln langsam nachließ. Mit einem Mal fühlte sie sich sehr entspannt. Ihre Scheu und ihr Heimweh waren verflogen. Die Begegnung mit Astron fing an, ihr Spaß zu bereiten.

»Was tust du da? Wie machst du das?«, fragte Elina, die sich keinen Reim daraus machen konnte.

»Indem ich mich auf dich konzentriere, übertrage ich dir Herzens-Energie«, entgegnete Astron, »damit es dir wieder besser geht. Wie gesagt, ich bin hier, um dich zu beschützen. Ich weiß, dass du einen großen Schmerz in dir trägst.«

Elina fühlte sich ertappt. Astron schien sie wirklich gut zu kennen. Er fuhr fort und sprach, er wisse, dass sie sehr betrübt sei, einen lieben Menschen verloren zu haben.

»Ja, das ist wahr«, antwortete sie. »Meine Oma ist gestorben. Weißt du, wo ich sie finden kann? Das Sandmännchen hatte gesagt, ich könne sie besuchen?«

»Sie ist »die Große Reise« angetreten«, sprach Astron ehrfürchtig

»Die Große Reise? Was soll das heißen? Auch das verstehe ich nicht.«

»So nennen wir die Reise, welche die eben Verstorbenen antreten.«

»Können wir zu ihr gehen? Bringst du mich zu ihr? Jetzt sofort?«, bettelte Elina.

Astron wehrte ab.

»Ich befürchte, es übersteigt deinen momentanen Energiestand.«

»Wieso das denn? Der Sandmann hat es mir doch versprochen!«, beharrte sie weiter.

Astron verzog den Mund zu einem breiten Grinsen:

»Elina, vor wenigen Minuten wolltest du nichts lieber als nach Hause zurück und nun kannst du es nicht mehr abwarten, in die Anderswelt zu reisen! Was für ein Sternzeichen hast du? Ich kenne mich ein wenig mit eurem Astrologie-System aus!«

»Warum willst du das wissen?«, fragte sie trotzig.

»Diese Ungeduld – du musst ein Widder sein!«, antwortete Astron lachend.

»Ganz genau erraten. Aber wieso fragst du mich überhaupt? Mir scheint, du weißt ja schon alles.«

Sie drehte sich beleidigt um. Dieser Typ nervte sie allmählich. Er stellte dumme Fragen, deren Antworten er bereits zu kennen schien. Und mit seinen komischen Herz-Tricks brachte er sie auch noch haltlos zum Lachen.

»Jetzt mal Spaß beiseite«, sprach Astron mit einem ernsten Unterton in der Stimme. »So geht gar nichts. Die erste Prüfung heißt, dass du dich in Geduld üben lernst. Alles kommt zu seiner Zeit. Nur der Geduldige erreicht sein Ziel. Dann werden wir weitersehen.«

»Wen meinst du mit »wir«?«, Elina sah ihn fragend an.

»Meine Sternengeschwister und ich«, antwortete Astron.

Elina horchte auf. Astron erklärte ihr, dass in der Ewigkeit – der allumfassenden Realität – Zeit keine Rolle spiele. Was wirklich zähle, sei Ruhe, Harmonie und Gelassenheit. Sie müsse mindestens dreimal nach Mira wiederkommen, um dort vorbereitet zu werden, mehr über »die Große Reise« ihrer Oma zu erfahren. Doch bis dahin würde sie lernen, ihre Vorstellungskraft zu schulen, um ausreichend Energie für eine Reisen in die Anderswelt zu erhalten. Vielleicht hätte sie eine Chance, ihre Oma zu besuchen.

Ein leichter Schauer rieselte Elinas Rücken herab. Seine Augen funkelten so sonderbar.

»Du bist nun nach unserer Begegnung sicherlich sehr erschöpft«, fuhr er fort. »Ich sehe, dass du keine Kraft mehr hast, dich auf den Beinen zu halten. Außerdem hast du vorhin gejammert, dass du nach Hause willst. Lege dich hier auf die Wiese. Ich helfe dir, in deine gewohnte Welt zurückzukehren.«

Sie fühlte sich tatsächlich sehr ausgelaugt. Es überstieg ihren Verstand. Also ließ sie sich bereitwillig auf die Wiese sinken. Astron kniete sich neben sie. Gerade wollte sie ihn fragen, wie sie es anstellen könne, ihn wieder zu treffen, da flüsterte er ihr bereits zu, sie solle nachts auf den Sandmann warten.

»Vorerst«, fügte er hinzu, »sprich erst mal nicht darüber, was du erlebt hast. Es ist noch zu früh.«

Er zog eine kleine Dose hervor, die Elina an die des Sandmännchens erinnerte. Er holte ebenfalls Sandkörnchen heraus und streute ihr welche in die Augen. Anschließend wollte er ihr eine »Gute Rückkehr« wünschen, doch das war nicht mehr möglich: Elina hatte die Augen schon geschlossen und döste bereits.

Die Sternenwarte von Mira

Jeden Morgen betrat Mama das Kinderzimmer, um Elina für die Schule zu wecken. Doch diesmal fand sie ihre Tochter regungslos im Bett vor. Sie schien in einen Tiefschlaf versunken zu sein. Mama rüttelte sie kräftig an den Schultern. Ein Seufzen war zu hören, das in ein Grummeln überging. Das Mädchen rührte sich nicht vom Fleck. Mit einem Ruck öffnete ihre Mutter die Rollläden, so dass die Sonne direkt auf Elinas Gesicht schien. Noch immer regte sich nichts. Mama kam näher und zog ihr die Bettdecke weg. Elina gähnte verschlafen und blinzelte um sich. War sie nicht eben noch auf einer Wiese mit vielen Blumen gelegen? Wieso befand sie sich jetzt in ihrem Zimmer? Wo war jener seltsame Junge, der sich Astron nannte? Elina starrte verdattert in Mamas Gesicht. Bruchstückhaft kam ihr die Erinnerung.

»Oh Mami, ich habe etwas Wunderbares erlebt, etwas ganz Außergewöhnliches!«, murmelte sie.

Sie nahm die Bettdecke und zog sie sich über das Gesicht, in der Hoffnung, auf der Stelle in die andere Welt zurückschlüpfen zu können. Vielleicht konnte sie sich auf diese Weise die vollständige

Erinnerung an das nächtliche Erlebnis zurückholen.

»So? Hattest du einen schönen Traum?«, erkundigte sich Mama, während sie Elinas Klamotten aus dem Schrank holte.

Elina antwortete nicht. Mama wurde ungeduldig. Sie nahm ihr die Decke ganz weg und bat sie aufzustehen. Das Mädchen schüttelte den Kopf.

»Ich glaube, das habe ich nicht nur geträumt, das war echt«, sprach sie

»Wir haben jetzt keine Zeit für deinen Traum. Hier sind deine Klamotten. Du musst dich nun fertig machen«, mahnte Mama. »Später kannst du mir davon erzählen!«

Elina maulte. Konnte Mama sie nicht in Ruhe lassen? Doch an Mamas Stimme erkannte sie, dass es besser war, nachzugeben. Widerstrebend stand sie auf, um sich anzuziehen. Sie dachte an das Sandmännchen, die Wiese und Astron. Leider zeigte Mama im Augenblick kein Interesse an ihrem Traum. Da fiel ihr Birgit ein, ihre beste Freundin. Sie würde sie nachher in der Schule treffen. Ihr wollte sie von dem Erlebnis erzählen.

Als die erste Unterrichtsstunde begonnen hatte, hielt Elina es vor Spannung nicht mehr aus. Sie riss ein Stück Papier von ihrem Block, kritzelte etwas unter der Schulbank darauf und faltete es zusammen. Flugs schob sie das Briefchen ihrer

Freundin zu, die eine Reihe vor ihr saß. Darin stand folgendes:

> Hallo Birgit,
> Ich muss dir was ganz Tolles und Wunderbares erzählen! Mir ist etwas Aufregendes passiert!
> Du wirst staunen! Warte in der Pause am Schuleingang auf mich.
> Deine Elina.

Birgit nahm das Briefchen neugierig entgegen. Rasch überflog sie die Zeilen. Elina beobachtete sie gespannt. Das Mädchen drehte sich stirnrunzelnd um. Bestimmt wieder so ein verrückter Einfall von Elina, war ihrem Gesicht abzulesen. Indessen kicherte ihr Elina fröhlich zu. Endlich ertönte der Gong zur Pause. Elina schnappte sich ihr Schulbrot und stürmte nach draußen. Sie wartete an der Eingangstür voller Ungeduld auf die Freundin. Diese tauchte kurze Zeit später auf.

»Was ist los mit dir?«, fragte Birgit.

Sie kramte in ihrer Tasche und holte sich ein Schulbrot raus, in das sie gelangweilt hineinbiss.

»Stell dir vor, ich habe einen neuen Freund!«, platzte Elina heraus.

Das Mädchen ließ das Schulbrot sinken. Sie wirkte erstaunt.

»Einen Freund?«

Elina plapperte munter weiter und erzählte, dass er Astron heiße und sehr nett sei. Er hätte sie riesig zum Lachen gebracht und er könne außergewöhnliche Kunststücke vollbringen.

»Astron?«, Birgit tat überrascht. »Der Name klingt vielleicht seltsam. Was tut er denn so Besonderes?«

»Er kann sich zum Beispiel unsichtbar machen!«, Elina ereiferte sich, »und er kann...«

Mitten im Satz verstummte sie, denn Birgit hatte lauthals zu kichern angefangen.

»So ein Quatsch! Hi, hi, hi... so was kann keiner. Elina, willst du mich auf den Arm nehmen?«, sagte sie.

Elina schluckte. Das sei kein Quatsch, beteuerte sie, schließlich hätte sie es mit ihren eigenen Augen gesehen. Birgit schüttelte den Kopf, dass ihr die Haare ins Gesicht fielen.

»Ich glaube, du hast zu viel vor der Glotze gehangen!«, bemerkte sie.

Sie blies sich gekonnt eine Haarsträhne aus dem Gesicht.

»Das hast du bestimmt aus der Sendung »Raumschiff Enterprise«, sprach sie weiter. »Da können sie sich auch unsichtbar machen. Kommt da nicht sogar ein Astron oder Astrin oder so ähnlich vor?«

Elina starrte sie entgeistert an. War das denn zu fassen? Ihre beste Freundin wollte ihr nicht glauben! Sie überlegte, womit sie Birgit überzeugen könnte und entgegnete:

»Tja, wie soll ich dir das erklären? Er lebt... äh... in einer anderen Dimension, das ist eine andere Realität als unsere.«

Sie verstummte abermals. Birgit zog die Stirn kraus.

»Ich verstehe nicht, was du meinst. So was gibt's doch nur in Science-Fiction-Romanen, wie sie mein Bruder liest. Darin schreiben sie von »anderen Realitäten oder Planeten«. Natürlich ist das alles nur erfunden.«

Sie quasselte so schnell auf Elina ein, dass Elina keine Chance mehr hatte, zu Wort zu kommen. Es war sinnlos. Birgit würde ihr nicht glauben. Am Ende hatte sie sich das Erlebnis vielleicht wirklich eingebildet und Astron existierte nur in ihrer blühenden Phantasie. Birgit wechselte inzwischen das Thema und redete über ihren Lieblingsfilmstar. Enttäuscht wandte sich Elina ab. Sie zog es vor, den Rest des Schultages zu schweigen.

Wieder zuhause, schmiss sie den Schulranzen missmutig in die Ecke und verzog sich sofort in ihr Zimmer. Mama warf ihr einen besorgten Blick zu. Sie kam ihr hinterher und wollte wissen, wie es in der Schule gewesen sei. Elina war jedoch nicht mehr in der Stimmung, ihr etwas zu erzählen. Nach den Hausaufgaben schnappte sie sich ein spannendes Buch und vertiefte sich darin. Am Abend konnte sie es kaum abwarten, ins Bett zu gehen. Astron hatte ihr nahegelegt, sie solle beim Einschlafen auf das Sandmännchen warten. Sie ließ sogar das Abendessen ausfallen, damit sie schneller ins Bett kam. Verdutzt schaute Mama sie an.

»Was ist denn mit dir los?«, fragte sie bestürzt. »Geht es dir nicht gut?«

Sie hielt eine Hand an die Stirn ihrer Tochter, um zu testen, ob sie Fieber hatte. Elina zog den Kopf weg. Sie sei nicht krank, versicherte sie ihr. Die Schule sei sehr anstrengend gewesen. Sie habe halt keinen Hunger.

Geschwind zog sie sich aus, putzte ihre Zähne und wanderte schnurstracks ins Kinderzimmer. Mama rief ihr nach, nun hätte sie Zeit, sich Elinas Traum anzuhören. Doch Elina gab keine Antwort.

»Willst du mir nun deinen Traum erzählen?«, meinte Mama aufmunternd.

Es ginge nicht, murmelte Elina. Sie müsse das Erlebnis erst zu Ende träumen. Mama schüttelte verwundert den Kopf. Was das Mädchen wohl wieder für Flausen hatte. Elina hatte jedoch keine Lust auf große Erklärungen. Sie sei schrecklich müde und wolle jetzt schlafen. So blieb Elinas Mutter nichts anderes übrig, als ihr einen guten Schlaf zu wünschen.

Elina legte sich wie gewohnt ins Bett, knipste das Licht aus und starrte auf die Decke. Das war ein seltsamer Tag gewesen. In der Früh hatte sie gedacht, sie befinde sich an einem Ort namens Mira. Doch war sie in ihrem Bett aufgewacht. Dann wollte Birgit ihr die Geschichte von Astron nicht glauben. Gerade von ihr hatte sie Verständnis erwartet. Das tat weh. Es wurmte sie, dass ihre Freundin das Erlebnis so abtat. Nun überfielen sie selbst Zweifel. Was, wenn Birgit Recht hatte? War die Phantasie mit ihr durchgegangen? Alles würde gut werden, wenn das Sandmännchen wiederkäme und sie zu Astron brächte. Er könnte ihr beweisen, dass er tatsächlich existierte. Elina versuchte, sich an ihn zu erinnern. Die Zeit verging, dennoch geschah nichts Ungewöhnliches. Die lange Warterei ermüdete sie. Sie schloss die Augen.

Wieder strich jener feine Windhauch an ihrem Gesicht vorbei.

»Sandmännchen, bist du das?«, fragte sie.

Niemand antwortete. So ein Blödsinn, sagte Elina zu sich selbst. Vielleicht habe ich mir das Treffen mit den beiden tatsächlich nur eingebildet. Es gibt keinen Sandmann und keinen Astron. Mira existiert auch nicht. Aber die schöne Blumenwiese und... Sie hatte die Blumen doch berührt und an ihnen gerochen. Ach, wenn doch nur das Sandmännchen endlich vorbeikäme! Sie lauschte in die Stille hinein. Schließlich knipste sie enttäuscht das Nachtlämpchen an, griff nach ihrer Lektüre und las darin. Es war wirklich ärgerlich, dass sie Birgit davon erzählt hatte. Jetzt fühlte sie sich verunsichert. Nach einer weiteren Stunde schaltete sie das Licht schließlich aus und schlief ein. Einmal war ihr, als ob jemand ihr Haar streichelte. Unruhig wälzte sie sich hin und her, bis sie die Augen aufschlug.

»Hallo Elina, schön dich zu treffen«, Astron grinste übers ganze Gesicht.

Elina starrte ihn an, als wäre ihr ein Gespenst begegnet. Er sah aus, wie sie ihn aus der Erinnerung her kannte: die eigenartige Kleidung mit dem Stern auf der Brust, die lustigen Schuhe...

»Ich musste dich feste rütteln, so tief hast du geschlafen«, witzelte er.

»Wieso bist du da?« Das Mädchen rieb sich verwundert die Augen und vorwurfsvoll schob sie nach, »Ich habe auf das Sandmännchen gewartet, aber er ist nicht gekommen!«

»Er war bei dir, du wolltest ihn nur nicht sehen!«, sprach Astron.

»Nicht sehen? Ich habe doch aufgepasst und stundenlang gewartet«, protestierte sie. »Er war wirklich nicht gekommen!«

»Hattest du nicht plötzlich Zweifel an deinen Erlebnissen?«, Astron schnitt ihr das Wort ab, »an mir und dem Sandmännchen? Du hast so stark gezweifelt, dass du das Sandmännchen nicht erkannt hast. Zweifel macht blind.«

Sie wurde rot. Beschämt schaute sie weg. Astron fuhr fort, er hätte ihr doch geraten, vorerst niemanden etwas zu erzählen.

»In Zukunft wirst du lernen müssen, mit wem du deine besonderen Erfahrungen teilen kannst. Glücklicherweise zweifelte dein Unterbewusstes nicht an mir. Darum haben wir uns wieder getroffen. Für heute steht viel auf dem Programm. Gleich wirst du die anderen Sternengeschwister kennen lernen. Komm!«

Er gab Elina einen Wink, ihr zu folgen. Mit großen Schritten stapfte er voran. Elina musste sich Mühe geben, mit seinem Tempo Schritt zu halten. Astron wirkte so energiegeladen. Sie musterte ihn heimlich von der Seite. Bis auf seine sonderbare Kleidung und die Sternenaugen schien Astron sich nicht von ihr zu unterscheiden: er bewegte sich wie ein Mensch, zog ähnliche Grimassen und sprach ihre Sprache. Es fiel ihr schwer, sich vorzustellen, er sei aus einer »anderen Dimension«.

»Kennen die Sternengeschwister mich ebenso, Astron?«, wollte Elina wissen.

»Du hast früher, als du ein kleines Kind gewesen bist, oft mit uns gespielt. Wir waren deine »unsichtbaren« Freunde. Du konntest uns »wahrnehmen«, antwortete er.

»Bin ich denn viel früher schon zu euch »gereist«?«

»Du musstest nicht extra »reisen«. Unsere Treffen waren viel selbstverständlicher, spontaner. Wann immer du draußen in der Natur gespielt hast, hast du uns »gesehen«. Es war ganz natürlich für dich«, erklärte Astron.

Elina grübelte vor sich hin. Wieso hatte sie das alles vergessen? Warum konnte sie sich nicht mehr an Astron erinnern?

Als hätte er in ihren Gedanken gelesen, erklärte er ihr, dass das Erinnerungsvermögen von kleinen Kindern sehr spontan sei. Später habe die Welt der Erwachsenen sie mehr und mehr in Beschlag genommen, so dass sie sich immer weniger für ihre »unsichtbaren« Freunde interessiert hätte. So kam es, dass sie sich sprichwörtlich »aus den Augen verloren« hätten. Allmählich sei sie der feinstofflichen Ebene entwachsen, jener Ebene, über die sie miteinander verbunden gewesen wären. Die Schule und die Erwachsenenwelt seien in Elinas Bewusstsein stärker in den Vordergrund gerückt.

Es stimmte. Sie konnte sich ja nicht mal mehr an jedes Kind aus dem Kindergarten erinnern. Geschweige denn an die Menschen, denen sie davor begegnet war.

»Woher wusstest du, dass ich traurig wegen Omas Tod bin?«, fragte Elina. »Wir haben uns doch, deinen Worten zufolge, aus den Augen verloren?«

»Oh, Elina, als wir uns nicht mehr gesehen haben, war die Verbindung dennoch nicht völlig abgerissen«, sprach er. »Unser Kontakt verlagerte sich auf die Seelenebene, die »*astrale Welt*«.«

»Die »astrale Welt«?«

»Die astrale Welt ist »die Welt der feinstofflichen Ebene«, erläuterte Astron und dabei leuchteten seine Augen, »die ganze Universe erschaffen kann. Sie ist in der Regel für die meisten Menschen keine sichtbare Dimension, doch wenn sie ihren Geist und ihre Gefühle schulen würden, könnten sie auch auf dieser Ebene »sehen« und »fühlen«. Wir sind uns darüber bewusst, dass es etwas in uns gibt, das immer bewusst ist, was jederzeit und in allen Geisteszuständen, ob im Wachen, Träumen oder Schlafen vollkommenes Gewahrsein besitzt.«

Deshalb wussten er und seine Geschwister in all den Jahren stets, wie es Elina gerade ging.

»Letztendlich sind alle fühlenden Lebewesen miteinander verbunden«, meinte Astron. »Jeder steht mit jedem im Universum in Beziehung, da er über die Seele einen Zugang zur Astralwelt besitzt. Alle Seelen stammen von der *All-Eins-Seele, Gott,* wenn du so willst, ab. Wir sprechen zwar verschiedene Sprachen, leben an verschiedenen Orten oder Dimensionen, haben ein unterschiedliches Äußeres, aber unsere emotionalen und seelischen Bedürfnisse sind überall, zu allen Zeiten und auf allen Welten, die gleichen.«

Unterdessen durchschritten sie querfeldein Wiesenland, das von dichtem Buschwerk umgeben war. Die dort wachsenden Blumen schienen besonderen Züchtungen entsprungen zu sein. Sie trugen kelchartige Blüten, die kupfer- und silberfarben leuchteten. So stelle ich mir das Paradies vor, dachte Elina. Ein seltsamer Umstand fiel ihr auf. Das Tageslicht schimmerte hell-golden.

»Wieso ist hier das Licht so anders? Es kommt mir heller als bei uns vor«, bemerkte Elina.

»Wir haben zwei Sonnen auf Mira. Das ist ganz normal für uns«, antwortete Astron.

Zwei Sonnen? Elina schien das unvorstellbar.

Inzwischen waren sie ein ziemliches Stück vorangekommen. Links und rechts des Weges verschmälerte sich die Wiese. Das Buschwerk verlor sich. Nur noch vereinzelt traten ein paar Büsche auf. Das Licht schien intensiver und verwandelte die Grashalme in Fäden aus Gold. Selbst der Boden schimmerte golden. Raschen Schrittes näherten sich die beiden einer Lichtung, an deren Horizont ein hell flackernder Lichtstrahl aufblinkte. Ein Gebäude tauchte auf. Es musste riesig sein, da man es mit bloßem Auge von weitem sehen konnte.

»Das Gebäude am Horizont, was ist das?«, wollte Elina wissen.

»Unser Sternentreffpunkt. Wir werden dort einen Teil der anderen treffen. Mal sehen, wer alles anwesend ist«, äußerte Astron.

Der Sternenjunge hielt inne und griff in eine Tasche seines blauen Anzuges. Er zog einen fremdartigen Gegenstand hervor, der die Form eines rundgeschliffenen Kristalls besaß. Elina spitzelte neugierig über Astrons Schulter, doch dieser machte keine Anstalten, ihr das geheimnisvolle Objekt zu zeigen. Er rieb mit den Fingern an der spiegelglatten Fläche herum. Der Kristall begann gleich einer Glühbirne zu leuchten, wie von unsichtbaren Kräften angestrahlt. Astron hielt ihn vors Gesicht.

»Sechs von uns sind da«, stellte er fest.

»Was ist das?«, erkundigte sich Elina.

Das seltsame Objekt fesselte ihre Neugier.

»Dieser Kristall ist mein »Gegenwart-Memory«, sprach Astron. »Er informiert mich über den momentanen Stand einer Situation an jedem x-beliebigen Ort. Ich muss mich lediglich darauf konzentrieren, bis das Bild darin erscheint.«

»Super!«, bemerkte Elina bewundernd. »So was hätte ich auch gerne.«

»Ich würde ihn dir gerne schenken, doch fürchte ich, dass er auf deinem Planeten in schlechte Hände geraten könnte. Du solltest lieber lernen, deinen Geist so klar wie einen Kristall zu schulen. Das ist ebenso möglich«, meinte Astron.

»Wie soll das denn funktionieren?«, fragte Elina erstaunt.

»Wir können es dich lehren. Es hängt mit dem Beobachten von Gedanken und Gefühlen zusammen. Aber das ist eine sehr komplizierte Sache, zu der man viel Übung braucht. Doch jetzt steht ein anderes Abenteuer für dich an.«

Über Astrons Lippen huschte wieder jenes geheimnisvolle Lächeln.

Elina wurde mulmig zumute. Sie ahnte, dass etwas Besonderes auf sie wartete. Etwas, das vielleicht ihr bisheriges Vorstellungsvermögen sprengen würde. Worauf hatte sie sich da nur eingelassen?

Plötzlich spürte sie Hunger. Ihr Magen knurrte.

»Astron, gibt es hier auch etwas Essbares?«

»Du konntest es wohl kaum abwarten, Mira einen Besuch abzustatten und hast deshalb auf dein Abendbrot verzichtet, stimmt's?«

Er knuffte sie in die Seite.

»Natürlich haben wir was für dich«, sprach er. »Ich wollte dich sowieso auf ein Stück Sternenkuchen einladen. Lass uns rasch zu den anderen gehen.«

Sie liefen weiter. Bei näherer Betrachtung erkannte Elina, dass das Gebäude einem Turm ähnelte. Er bestand aus hohen weißen Wänden. Magnetische Anziehung ging von ihm aus. Je mehr sie sich dem Turm näherten, desto mehr nahm Elina eine Sogwirkung wahr, der sie nicht widerstehen konnte. Ihre Füße bewegten sich wie von selbst, geführt von einer unsichtbaren Kraft.

»Spürst du die Kraft?«, lächelte Astron sie an.

Elina nickte.

»Das sind die starken Lichtfelder und Kristalle von der Sternenbasis. Sie funktioniert wie ein Leuchtturm.«

Elina glaubte zu fliegen. Unsichtbare Fäden schienen sie in das Gebäude hineinzuziehen, bis sie sich unvermittelt im Inneren des Turmes befanden. Nirgendwo hatte sie eine Treppe oder einen Eingang entdeckt.

Verwundert schaute sich das Mädchen um. Die Innenwände waren ebenso weiß bemalt. Mitten im Raum thronte ein riesiger massiver Kristallklotz, wohl anderthalb Meter hoch. Elina hielt vor Erstaunen die Luft an.

»He, du darfst weiteratmen!«, witzelte Astron.

»So etwas Schönes habe ich noch nie gesehen!«, rief sie bewundernd aus.

»Ach, du warst schon einmal hier«, bemerkte Astron lapidar, doch das ist lange her.«

Noch bevor Elina über Astrons Worte nachdenken konnte, wurden sie von mehreren Wesen umringt, die sie neugierig betrachteten. Elina zählte sechs, die Astron zum Verwechseln ähnlich sahen.

Lachend und schnatternd sprangen sie um die beiden herum. Aus ihren Kehlen kamen gurgelnde Laute, die sie in die Länge zu ziehen schienen:

»Hänggonggawiiieeenoooschtiiiiwaaangangangnawiiiieee...«

Es klang, als ob sich die Laute verselbständigt hätten und die Tonleiter willkürlich rauf und runtersausten. Elina hatte noch nie eine solche Sprache gehört.

Derweilen ging Astron auf das Grüppchen zu. Er umarmte jeden einzelnen herzlich und unterhielt sich mit ihnen.

»Niiischwaaaschwiilloooojääämaah...«

Sie nickten mit den Köpfen.

»Sie haben uns schon erwartet«, wandte er sich an Elina. »Darf ich vorstellen, meine Geschwister: »Elora, Data und Lalique und das sind Aliston, Omegon und Katron.«

»Willkommen bei uns Elina!«, riefen die sechs wie aus einem Munde.

»Ihr sprecht meine Sprache?«

»Wir sind in der Lage, uns auf deine Sprachfrequenz einzustellen, genauso wie es Astron tut.«

Astron wandte sich an Elina:

»Wie ich schon erwähnt habe, sind wir nicht von der Erde, sondern Wesen einer anderen Dimension. Man könnte uns auch eine andere Spezies nennen. Wir besitzen eine eigene Sprache, die unserer Lebensform entspricht. Doch sind wir fähig, uns auf deine Sprachfrequenz zu polen, indem wir uns in dich hineinfühlen. Da du eine Seelenverwandte von uns bist, haben wir damit so gut wie keine Schwierigkeit.«

Elina betrachtete sie. Sie sahen wie Zwillingsgeschwister von Astron aus. Nur in der Haarlänge und in den Farben ihrer Anzüge unterschieden sie sich voneinander. Elora, Data und Lalique hatten lange rote Haare, Katron, Aliston und Omegon kurze. Auch ihre Pupillen besaßen die Form kleiner Sterne.

»Sie stirbt vor Hunger«, spaßte Astron. »Lasst uns zuerst was essen. Später zeigen wir ihr die Sternenbasis.«

Katron und Lalique ergriffen Elinas Hand. Ein feiner Stromstoß durchzuckte sie bei der Berührung. Sie entspannte sich. Zuhause wäre sie auf keinen Fall mit Fremden mitgegangen. Hier spürte sie jedoch eine Vertrautheit, die sie sich nicht erklären konnte. Komplizierte Erklärungen interessierten sie im Moment sowieso nicht. Dafür war die Situation viel zu spannend. Vielleicht stimmte es ja, dass sie Seelenverwandte waren.

»Wir sind auf eine Art Geschwister, da unsere Seelen miteinander verwandt sind«, flüsterte Astron ihr ins Ohr.

Schon wieder hatte er ihre Gedanken erraten.

An dem Kristall-Mammut vorbei, führten die Sternengeschwister sie durch eine Tür und bestiegen eine Wendeltreppe aus hellem Marmor. In den Stufen waren verschiedene Zeichen eingraviert. Oben angelangt, öffnete sich die erste Tür des Stockwerkes wie von selbst und sie betraten einen Raum.

»Unser Versammlungsraum«, erklärten sie. »Hier treffen wir uns, wann immer wir Lust dazu haben, essen gemeinsam, spielen oder beratschlagen uns.«

Ein oval förmiger Tisch, geschnitzt aus hellem Holz, füllte fast den ganzen Innenraum aus. Die Wände reflektierten kunstvoll bemalte Planeten mit den typischen Planetenringen, Sterne verschiedener Größen, zu- oder abnehmende Monde und Sonnen. Gemütlichkeit lag in der Atmosphäre des Raumes. Sie setzten sich auf barhockerähnliche Stühle, die um den Tisch verteilt waren. Astron deutete auf einen grünen Knopf an der Tischkante:

»Drück mal drauf!«, forderte er Elina auf.

Sie betätigte den Knopf. Der Tisch öffnete sich in der Mitte und gab die Sicht auf eine Platte mit leckeren Kuchenstücken frei.

»Das geht voll automatisch«, lächelte Lalique, der Elinas staunende Augen nicht verborgen blieben.

Data brachte einen großen kristallartigen Krug mit einer Flüssigkeit. Sie goss jedem davon in den Becher. Elina kostete bereits von dem Kuchen. Er war braun und bestand aus einer festen Masse.

»Mmh, der ist ja lecker. Was sind das für helle Stückchen, die da drin sind?«

Er erschien ihr das Schmackhafteste zu sein, was sie überhaupt je gegessen hatte.

»Das ist Sternenstaub. Wir gewinnen ihn aus verglühten Sternenschnuppen. Er ist sehr nahrhaft.«

Nun überkam sie Durst und sie trank von dem Becher, der vor ihr stand.

»Köstlich, das beste Wasser, was ich je getrunken habe.«

»Sternenwasser, mit Kristallenergie aufgeladen. Es enthält dreihundertmal so viel Energie wie gewöhnliches Wasser.«

Sie fühlte sich tatsächlich erfrischt und kraftvoll, kaum hatte sie von all dem gekostet.

»Was bedeuten die Zeichen auf den Treppenstufen?«, rätselte sie.

»Das sind unsere Schriftzeichen. Sie erzählen Geschichten und Mythen von uns. In der Sternenbasis ist auch eine Schule untergebracht.

Wir studieren dort Fächer wie Astronomie, Astrologie, Mystik, Ethik, Bewusstseinsforschung, Traumdeutung, Märchen, Sagen und vieles mehr.«

»Auch Mathe?«, Elina verzog das Gesicht.

»Mathematik? Nein! Wir nennen es Zahlensymbolik. Im Unterschied zu euch konzentrieren wir uns darauf, was die Zahlen bedeuten.«

»Warum?«

»Wir glauben, dass das ganze Universum nach einem bestimmten Zahlensystem aufgebaut ist.«

Elina starrte sie verständnislos an. Sie erklärten ihr, dass auch Leute aus ihrer Wirklichkeit Bücher darüber veröffentlichten.

»Vor allem beschäftigen wir uns mit »dem GROßEN GEHEIMNIS«, fuhren sie fort.

»Das »Große Geheimnis«?«

Sie runzelte die Stirn.

»Das »Große Geheimnis«, so nennen wir die Kraft, die ALLES erschaffen hat und aus der ALLES entsteht.«

»Meint ihr damit Gott?«

»Im Prinzip ja. Es ist nur ein anderer Begriff für »Gott«. Wir finden, dass die Umschreibung »Großes Geheimnis« besser passt, denn für uns stellt die Existenz aller Dinge und das Universum ein Mysterium dar. Wir glauben nicht an einen alten Mann mit weißem Bart, der auf dem Thron sitzt. Unserer Auffassung nach ist Gott nicht an eine Person gebunden. Das Große Geheimnis kann nicht erklärt werden. Wir sehen nur, dass es in allem existiert. Es ist wie ein zugrundeliegender Strom, der unmittelbare Strahl des reinen Geistes. Es repräsentiert höchste Weisheit, Macht und Liebe. Doch dies sind nur ungefähre Beschreibungen für etwas, was sich nur umschreiben lässt, daher nennen wir es Geheimnis.«

»Woher wisst ihr darüber Bescheid?«

»Wir erhalten unser Wissen durch außergewöhnliche Erfahrungen, die wir übersinnliche Erfahrungen nennen.«

»Was bedeutet »übersinnlich?«

Wieder mal so ein kompliziertes Wort, dachte Elina.

»Es heißt «über die normalen Sinne hinaus«. Genauer könnte man sagen »die Grenzen von Alltagserfahrungen überschreiten«. Übersinnliche Erlebnisse verändern dein Bewusstsein. Sie erweitern deinen geistigen Horizont. Dazu zählen zum Beispiel Zeitreisen, in die Vergangenheit oder Zukunft, Reisen an fremdartige Orte oder andere Dimensionen. Und wir setzen uns auch mit dem Thema »Tod« und »Sterben« auseinander.«

»Wie gruselig! Kann ich auch »übersinnliche« Erfahrungen machen?«

»Du bist gerade mittendrin.«

»Jetzt verstehe ich das ein bisschen. Es ist wie mit dem Traum und der Wirklichkeit. Alles ist ein Traum oder alles ist wirklich.«

»Wir freuen uns, dass du so schnell lernst«, bemerkten die Sternengeschwister. »Traum und Wirklichkeit sind in Tat sehr eng verbunden. Manchmal erscheint alles wie ein Traum. Und der Traum selbst kann uns sehr real vorkommen. Lange, komplizierte Träume können im Bruchteil einer Sekunde ablaufen. Für das Bewusstsein spielt es keine Rolle. Wichtig ist, was du dabei lernst und erfährst. Vor allem aber gilt es, sein Herz zu schulen. Mit dem Herzen versteht und sieht man besser.«

Sie brachten noch mehr von dem Kuchen auf den Tisch. Elina langte kräftig zu.

»Bei euch gefällt es mir! Ich könnte hier ewig bleiben.«

»Sag das nicht, sonst geht dein Wunsch noch in Erfüllung«, lachten die anderen. »Da wären deine Eltern doch sicherlich sehr unglücklich.«

Wandlung

»Oh, Mama, ich habe wieder wunderbar geträumt!«

Freudestrahlend räkelte sich Elina in ihrem Bett. Diesmal konnte sie sich haarscharf an jedes Detail ihres Erlebnisses erinnern. Sie war nach der Einladung der Sternengeschwister in ihre Realität zurückgekehrt und hatte tief und fest bis zum frühen Morgen geschlafen.

Mama lief im Kinderzimmer auf und ab, öffnete den Schrank und holte Klamotten heraus. Sie sah ungeduldig zu ihr herüber.

»Ich habe den Eindruck, dass du in letzter Zeit nur noch träumen und gar nicht mehr aufstehen willst!«

»Das stimmt nicht!«

»Nun ja, du weißt ...«

»dass die Schule wartet. Sicher weiß ich das.«

Seufzend setzte Elina einen Fuß aus dem Bett.

»Elina-Schatz, warum trödelst du denn so?«, mahnte Mama. »Bitte verliere nicht so viel Zeit beim Aufstehen. Hier habe ich dir was zum Anziehen hingelegt.«

»Mama, Zeit ist doch relativ!«

Triumphierend sah sie ihrer Mutter ins Gesicht.

»Woher hast du das?«, lachte Mama. »Du wirst ja richtig philosophisch, wenn es darum geht, Zeit zu schinden.«

»Das ist höhere Mathematik!«, erwiderte Elina. »Ein Freund hat mir das erklärt.«

»...und die Erklärung dient dir als Vorwand, die Schule zu schwänzen.«

»Ich habe wirklich nicht vor, die Schule zu schwänzen«, entrüstete sich Elina.

Widerstrebend erhob sie sich aus dem Bett. Mama versteht nicht, um was es hier geht, dachte sie. Es gibt weder Zeit noch Raum. Das hatte Astron ihr erzählt. Sie hatte jedoch keine Idee, wie sie es Mama veranschaulichen konnte. Wenn nur Astron hier wäre. Er könnte es Mama erklären. Aber er lebte weit weg, in einer anderen Dimension. Vielleicht könnte Mama ihn und seine Geschwister eines Tages kennen lernen. Dann würde sie Elinas Erzählungen Glauben schenken.

Astron hatte ihr erzählt, dass es Erlebnisse gäbe, die andere nicht erfahren würden, weil sie zu sehr in ihrem Normalbewusstsein lebten. Wenn sie eine rein materielle Weltsicht hätten, könnten sie den phantasievollen Umgang mit »unsichtbaren Spielgefährten« als Verrücktheit missverstehen.

Sie griff nach den Klamotten und zog sich an. Nach dem gemeinsamen Frühstück mit Mama machte sie sich auf den Schulweg. Sie nahm sich fest vor, ihr »kleines« Geheimnis einstweilen für sich zu behalten. Ihrer Freundin Birgit gegenüber erwähnte sie kein einziges Wort mehr von Astron. Das Kapitel war vergessen und in der Pause ratschten sie über Mädchenkram. Prompt verstanden sie sich besser. So verstrich eine Woche nach der anderen. Es geschah nichts Aufsehenerregendes. Doch nachts sehnte sie sich immer häufiger nach Mira. Sie spürte, dass es bald wieder soweit sein würde. Der nächste Abstecher nach Mira stand bevor.

*

Die goldenen Gräser wogen sanft ihre Halme im Wind.

»Wie geht es dir?«

Astron saß auf der Wiese, kaute an einem Stängel und grinste wieder mal.

»Prächtig!«, erwiderte Elina, die sich nun nicht mehr darüber wunderte, dass sie eines nachts aufwachte und sich wieder auf der Blumenwiese von Mira vorfand.

»In der Schule habe ich eine gute Note geschrieben und Mama will mir vielleicht ein Haustier kaufen.«

Bei dieser Idee leuchteten ihre Augen.

Astron freute sich für sie.

»Wie wunderbar. Ich möchte noch mehr von deinen Wünschen und Vorstellungen vom Leben erfahren!«

»Oh, ja...«, Elina legte los, »ich hätte gerne, dass meine Eltern mir einmal ein Pferd kaufen. Groß soll es sein und sehr schön! Vielleicht ein schwarzes. Dazu brauche ich gute Reiterstiefel und einen Reiterhelm. Außerdem wünsche ich mir tolle Klamotten, ein neues Fahrrad, Schlittschuhe, Ölfarben, Pinsel, eine Staffelei, einen Fotoapparat und ...«

»Halt, halt!«, Astron unterbrach sie lachend. »Es ist genug. Elina. Sonst finden wir kein Ende mehr. Nun interessiert mich etwas anderes. Was glaubst du, wie stellst du dir den Tod vor?«

Seine Stimme klang so, als würde er über etwas völlig Harmloses sprechen.

Elina erschrak.

»Den Tod?«

Sie sprach das Wort gedehnt aus, dann antwortete sie:

»Der Tod kommt mir wie ein kaltes böses Monster vor. Er erinnert mich an eine Mauer, hinter der nichts mehr existiert. Danach ist Schluss, Aus, Ende.«

Der Sternenjunge schüttelte den Kopf.

»Das ist die übliche Antwort von denjenigen, die sich nie richtig mit dem Thema beschäftigt haben. Glaubst du tatsächlich, dass mit dem Tod ALLES zu Ende ist?«

Sie zuckte mit den Schultern.

»Bisher habe ich von den Erwachsenen nur ausweichende Antworten erhalten. Niemand wollte sich mit mir darüber unterhalten.«

Astron nickte verständnisvoll.

»Ja«, äußerte er. »Ich muss auch endlich begreifen, dass das, was wir als selbstverständlich erachten, bei euch nicht unbedingt der Fall sein muss.«

Er stand auf.

»Lass uns zur Sternenbasis hinübergehen.«

Sie verfielen ins Schweigen und begaben sich auf den Weg. Elina grübelte vor sich hin.

»Ich mag das Thema nicht«, bemerkte sie schließlich beim Betreten der Sternenbasis.

»Warum?«, Astron zog ein erstauntes Gesicht.

»Weil es mir Angst macht«, entgegnete sie.

»Es flößt dir Angst ein, weil du dich nie richtig mit dem Thema auseinandergesetzt hast.«

Sie befanden sich nun in der Vorhalle. Aufs Neue wurde Elina von der Schönheit des riesigen Kristalls in der Mitte des Raumes überwältigt.

»Schau«, Astron erhob das Wort erneut, »wir bezeichnen den Tod als »große Wandlung«. Etwas »wandelt« sich. Wir glauben, dass alles dem Wandel unterliegt. So wie du dich wandelst, vom Baby zum Kleinkind zum Mädchen, später zur Frau und so weiter, wandelt sich der Tod wieder in eine Geburt und jede Geburt führt wiederum zum Tod. Es ist ein stetiger Kreislauf. Ähnlich wie aus den Knospen im Frühjahr die Blätter sprießen, im Sommer den Baum kräftig bevölkern, feurig im Herbst vergehen, im Winter absterben, um im Frühjahr wieder zu knospen. Sterben ist nur eine Entrückung auf eine andere Daseinsebene. Die Seele – der göttliche Funke in uns – ist unsterblich. In diesem Sinn gibt es keinen Tod.«

Elina lauschte andächtig seinen Worten.

»Das klingt sehr tröstlich«, sprach sie. »Muss ich also keine Angst vor dem Sterben haben?«

»Angst ist ein lebensnotwendiges Gefühl«, erwiderte Astron, »und wenn du es spürst, hat es seine Berechtigung. Wie jedes andere Gefühl, ob positiv oder negativ, taucht es im Bewusstsein auf und verschwindet wieder. Du kannst jedoch lernen, dich nicht an negative Gefühle zu binden, denn du bist nicht die Angst, nicht die Trauer und so weiter. Du beobachtest die Gefühle, wie sie kommen und gehen. Doch du bist nur ihr Zeuge. Mit dieser Sichtweise wirst du jedes schlechte Gefühl –   auch das der Angst – überwinden.«

»Das leuchtet mir ein«, meinte Elina, »aber geht das so einfach?«

»Natürlich bedarf es dazu steter geistiger Übung. Ich habe noch nie jemanden kennengelernt, der das sofort von heute auf morgen verinnerlichen konnte. Wenn du dir darüber bewusst bist, dass du selbst für deine Gedanken und Gefühle verantwortlich bist, können dir die Höhen und Tiefen des Lebens nicht mehr so viel anhaben. Nach wie vor wirst du Schmerz, Leid und Trauer fühlen, aber sie können dich nicht mehr von ihrer Bedeutsamkeit überzeugen. Lass dir jedoch viel Zeit in deiner Entwicklung. Arbeite an deiner Geduld und an deiner Zeit. Entdecke die »GNADE DER LANGSAMKEIT«! Das Göttliche in uns allen ist ewig.«

Das Ritual der Sternengeschwister

Inzwischen hatten sich auch die anderen Sternengeschwister eingefunden. Elina fand sie alle toll und verstand sich gut mit ihnen. Da kam Astron auf sie zu und verkündete ihr, dass es nun soweit sei. Sie habe schon viel Zeit auf Mira verbracht und sei nun ausreichend vorbereitet, um ein Ritual erleben zu dürfen. Durch dieses Ritual würde sie auf all die Fragen und Rätsel, die sie seit dem Tod von Oma quälten, neue Erkenntnisse erhalten. Elina war überrascht. Sie wollte Astron fragen, was es mit dem Ritual auf sich hatte, doch ließ er sie nicht zu Wort kommen.

»Du wirst jetzt eine unserer wichtigsten Einweihungen kennen lernen«, erläuterte er weiter. »Dazu treffen wir uns draußen auf dem Ritualplatz, dort werden wir dieses Ereignis feiern. Wir werden in Weiß gekleidet sein, denn die Farbe »weiß« symbolisiert Eigenschaften wie Reinheit, Klarheit, Neutralität und das Licht des »Großen Geistes«. Wir haben bereits Gewänder für dich vorbereitet. Meine Sternengeschwister werden dir helfen, ein Passendes zu finden.«

Er wandte sich ab, um wegzugehen. Wieder überkam Elina ein mulmiges Gefühl im Bauch. Sie wollte Astron etwas zurufen. Abrupt drehte er sich um und lächelte:

»Du musst keine Angst haben. Wenn es dir während des Rituals schlecht werden sollte, geben wir dir unsere Unterstützung. Vor allem aber: vertraue unserer Führung und der Kraft des Großen Geistes!«

Sie schluckte. Sollte nun das außergewöhnliche Abenteuer stattfinden, das Astron schon öfter erwähnt hatte? War sie denn schon so weit? Oder sollte sie nicht lieber in Ruhe über das bisher Erlebte nachdenken. Astron sah ihr in die Augen und schüttelte verneinend den Kopf.

»Du wirst sehen, es wird alles gut. Geh nun mit den anderen, sie bereiten dich vor. Am besten folgst du dem Weg mit den Blumenranken, so kommst du zu dem weißen Gebäude.«

Er entfernte sich.

Wie kam es nur, dass er immer wieder ihre Gedanken erriet?

Lalique und Elora führten sie aus der Sternenbasis mit sich fort. Sie liefen zu dem Weg, von dem Astron gesprochen hatte. Hellgraue Steinplatten zierten ihn. Auf jeder Steinplatte waren kleine, silberne Monde eingemeißelt. Die lilafarbenen Blumen am Wegrand verstreuten einen süßen Duft. Am Ende angelangt sah Elina ein großes weißes Haus mit einem silbernen Tor. Das Tor öffnete sich und sie stiegen über eine wunderschön geschnitzte Holztreppe in den ersten Stock des Hauses.

Dort befanden sich so viele Türen, wie Elina sie noch nie gesehen hatte.

»Folge uns«, sprachen Elora und Lalique.

Durch eine der Türen auf der rechten Seite führten sie Elina in einen schlichten hellen Raum.

»Das ist unsere Kleiderkammer«, sagte Elora.

»Such dir das aus, was dir am besten gefällt.«

In einer Ecke des Raumes stand ein weißer Schrank. In der Mitte befanden sich ein Tisch und ein Stuhl. An der Wand hing ein Spiegel.

»In diesem Schrank findest du all die Gewänder, die wir für unsere Rituale benutzen. Suche dir eines aus, was dir gefällt«, forderten sie das Mädchen auf.

Sie öffneten die Türen des Schranks. Dort hingen auf einer Stange viele verschiedene Kleider. Elina war überwältigt. Mit Vergnügen stöberte sie in dem Schrank herum. Da fiel ihr ein Kleid mit bestickten goldenen Sternen und kleinen Monden in die Hand. Es sah reizend aus. Sie nahm es heraus und zog es an. Es passte wie angegossen. Dazu suchte sie sich passende Schuhe raus. Sie fand ein Paar, das mit Perlen verziert war.

Elora holte eine Bürste und begann Elinas langes Haar zu kämmen. Sie betrachtete sich in dem Wandspiegel.

»Du siehst aus wie eine kleine wunderschöne Prinzessin von einem unbekannten Stern«, meinten die beiden anerkennend.

Elina errötete. Ihre Gedanken schweiften zu Astron. Würde sie ihm auch gefallen?

Nun war sie für das Ritual vorbereitet. Die beiden Sternenmädchen führten sie wieder aus dem Haus und begleiteten sie zu dem Ritualplatz.

Der Platz, zu dem man ebenfalls über einen schmalen Weg gelangte, wurde von palmenartigen Bäumen abgeschirmt. Er lag so gut versteckt, dass Elina ihn nicht allein gefunden hätte. Ihr Herz klopfte, als sie den Ort betrat. Er bestand aus einer kreisrunden steinernen Fläche, in deren Mitte ein dicker Holzstamm emporragte, über dem sich ein sternenförmiges Dach spann. Auch hier wuchsen jene paradiesartigen Blumen, die Elina schon bei ihrer Ankunft auf Mira aufgefallen waren. Mystischer Zauber schwebte über dem Ort wie eine Wolke am Himmel. Er erinnerte sie an eine einsam gelegene Kirche.

»Unser sakrales Fest wird das »Königsritual« genannt«, erklärten die Sternenschwestern. »Dies ist unser »Mysterienplatz«, er ist ein heiliger Ort. Jeder, der nach mystischen Erkenntnissen strebt, wird empfangen.«

Elina trat näher. An dem Holzstamm in der Mitte war ein hölzerner Tisch befestigt, der die Form eines Sternes besaß. Herrliche Edelsteine, einer farbenprächtiger als der andere, lagen auf dem Tisch. Die Spitze des Daches bestand aus einer Glaskuppel, von der man direkt in den Himmel schauen konnte. Regenbogenfarbene Lichtstrahlen fielen von dort herab. An den Seiten standen Holzbänke in der Form von Halbmonden.

»Wir werden während des Rituals in Reih und Glied tanzen. Der Schritt ist sehr einfach. Du wirst ihn sicherlich schnell lernen«, sprach Lalique.

»Wozu tanzen?«, fragte Elina.

»Um in die höheren Ebenen des Bewusstseins zu gelangen. Beim Tanzen schaltet sich der urteilende Verstand aus.«

Das klingt ja spannend, dachte Elina. Sie konnte sich beim besten Willen nicht vorstellen, dass Tanzen und Singen eine solche Wirkung entfalten würde. Hier waren jedoch so viele Dinge seltsam und jetzt platzte sie vor Neugier, die Zeremonie kennen zu lernen.

»Du kannst dich jederzeit auf eine der Holzbänke legen, wenn du möchtest«, teilte Lalique mit.

«Ich glaube, das ist nicht nötig«, antwortete Elina.

Ein glockenartiger Ton durchschnitt ihre Unterhaltung.

»Ah, unser Gong«, stellte Elora fest. »Er verkündet die Eröffnung des Festes.«

»Kommen alle, die auf Mira leben?«, wollte Elina wissen.

»Das Ritual darf nicht zur Gewohnheit, wie Essen und Trinken, werden. Es kommen nur diejenigen, die ein ernsthaftes Bedürfnis verspüren.«

Bis jetzt waren sie allein auf dem Platz gewesen, doch nun nährten sich einige in Weiß gekleidete Personen. Irgendwie sahen sie sich alle sehr ähnlich. Sie lachten und schwatzten unaufhörlich in ihrer eigenartigen Sprache, die für Elina ein Buch mit sieben Siegeln darstellte. Unverhohlene Freude über das bevorstehende Ritual prickelte in der Luft. Omegon, Katron und der Rest der Sternengeschwister tauchten auf. Der Ritualtisch füllte sich. Immer mehr weißgekleidete Bewohner von Mira strömten zusammen. Auch Astron erschien und gesellte sich zu ihnen.

»Na, meine kleine Prinzessin. Wie hübsch du bist«, zwinkerte er ihr mit seinen Sternenaugen zu.

Verlegen sah Elina zu Boden und trat von einem Fuß auf den anderen. Sie freute sich insgeheim über sein Kompliment.

Mit einem Mal wurde es mucksmäuschenstill. Ungefähr hundert Teilnehmer hatten sich versammelt. Sie fassten sich an den Händen und bildeten einen großen Kreis, Elina im Schlepptau zwischen Astron und Lalique. Es tat ihr gut, dass Astron an ihrer Seite war.

Da begann eine Frau, die alle anderen um eine Kopflänge überragte, mit feierlich-getragener Stimme zu sprechen:

»Seid gegrüßt meine Sternenschwestern und Sternenbrüder.«

»Wer ist das?«, fragte Elina leise.

»Das ist Maira«, gab Astron zu Antwort. »Sie ist eine hohe Eingeweihte. So eine Art Priesterin.«

Elina hörte gespannt auf die Stimme von Maira.

»Da heute ein Gast aus einer anderen Dimension unter uns weilt«, gab sie bekannt, »werde ich in ihrer Sprache sprechen, damit sie uns verstehen kann. Ich bitte euch auf sie Rücksicht zu nehmen.«

Rücksicht nehmen? Wovon sprach die komische Frau denn? dachte Elina ärgerlich. Was soll denn passieren? Sieht sie nicht, dass ich kein kleines Kind mehr bin? Ich kann selbst auf mich aufpassen! Ihre Gedanken kreisten.

Da packte Astron ihre Hand für einen Moment lang fester zu.

»Au«, rief Elina. »Du tust mir weh!«

Astron sah ihr in die Augen und schüttelte leicht den Kopf.

»Pscht! Seid bitte leise«, zischten die anderen.

Maira sprach ein Gebet. Der Text handelte von der Liebe und Harmonie im Reich des »Großen

Geheimnisses«. Das Licht der Erkenntnis sollte gegen die Unwissenheit siegen. Sie rief die höchsten Kräfte im Universum an. Während sie sprach, bemerkte Elina ein bläulich schimmerndes Licht, das um das Haupt der Priesterin schwebte und jede ihrer Bewegungen folgte.

»Das ist ihre besondere Aura«, flüsterte Astron ihr zu. »Es zeigt den hohen Grad ihrer geistigen Reife an.«

Die Priesterin sprach lange und bedächtig. Elina glaubte, ihr Gebet würde nie enden.

Doch in derselben Sekunde, als sie dies dachte, beendete Maira ihre Rede und alle wünschten sich gegenseitig ein frohes Ritual. Sie umarmten einander. Dann ging die Priesterin vor zum Sternentisch.

Jetzt beschlich Elina doch ein seltsames Gefühl. Was soll ich hier? fragte sie sich beklommen. Sie wünschte sich nach Hause, in ihr vertrautes Zimmer und zu den Eltern zurück.

»Das wirst du nun herausfinden«, flüsterte Astron ihr ins Ohr, so dass Umstehende nichts hören konnten. »Konzentriere dich auf dein Vorhaben.«

»Musst du ständig meine Gedanken lesen?«, fauchte Elina ihn an.

Wieder einmal fühlte sie sich ertappt.

»Ich lese in deinem Herz, nicht in deinen Gedanken!«

Nervös stellte sich Elina von einem Fuß auf den anderen. Ihre Hände wurden feucht und ihr Magen verkrampfte sich.

Unterdessen traten die Teilnehmer nacheinander vor zur Priesterin. Sie gab jedem die Hand als Zeichen der Segnung. Damit übertrug sie ihren persönlichen Schutz für das Ritual. Nun kam Astron dran. Elina folgte ihm dicht auf den Fersen. Wenn er einen Rockzipfel gehabt hätte, hätte Elina sich an ihm festgehalten.

Maira segnete Astron. Er trat zurück und machte Platz für Elina. Das Mädchen stand jetzt unmittelbar vor der Priesterin. Deren Sternenaugen fixierten sie. Mit einem Mal fühlte sich Elina nackt vor ihr. Sie hatte den Eindruck, dass Maira ihr tief in die Seele schauen konnte. Verlegen senkte sie den Blick. Als die Priesterin ihre Hände nahm, zitterte Elina am ganzen Körper. Noch nie hatte sie jemand derart berührt, dass sich die bloße Berührung wie kleine Stromschläge anfühlte. Wäre Astron nicht bei ihr gewesen, hätte sie wahrscheinlich die Flucht ergriffen. Sie verweilten ein paar Sekunden regungslos, bis Elina den Kopf hob und in Mairas lächelndes Gesicht blickte. Da beruhigte sie sich augenblicklich, denn sie spürte eine enorme Kraft, die von der Priesterin ausging. Ihr wurde klar, dass hier etwas Besonderes geschah und sie, das Erdenmädchen, welche ihre liebe Oma verloren hatte und deshalb an sich selbst und dem Leben zweifelte, fasste auf einmal Mut und Zuversicht. Maira ließ ihre Hände los und wandte sich anderen zu.

»Puh, die hat ja Kraft!«, flüsterte sie zu Astron. »Gut, dass du bei mir warst.«

Er lachte:

»Ich bleibe bei dir, weil ich sonst fürchte, dass du am Ritual gar nicht teilnehmen willst!«

Da könnte er wohl Recht haben, dachte sie. Aber die Zeremonie nahm bereits ihren Lauf und Elina war sich nun sicher, am richtigen Ort zu sein.

Wie ist das, wenn man stirbt?

Alle hatten ihre persönliche Segnung erhalten und sich auf ihre Plätze begeben. Durch die weiße Tracht sahen sie sehr feierlich aus. Einige holten ihre mitgebrachten Musikinstrumente hervor.

»Wird hier auch gesungen?«, fragte Elina Astron.

»Natürlich. Zum Tanzen gehören unsere Musik und unser Gesang«, lautete seine Antwort.

Die Musiker stimmten ein Lied mit einer wunderschönen Melodie an. Daraufhin sang der Rest los. Obwohl sie das Lied in ihrer Sprache vortrugen, konnte Elina seltsamerweise den Text verstehen:

>»Ich lebe inmitten der Blumen,
> Zusammen mit meinen Geschwistern,
> Die Schrecken die auftreten, rühren von meiner Rebellion,
> Im Grunde weiß ich das schon,
> Es geht darum zu vertrauen
> und auf das »Große Geheimnis« zu bauen«
> (brasilianisches Lied)

Ein Rascheln ging durch die Runde. Die Gruppe begann zu tanzen. Elina wurde von ihren Bewegungen mitgerissen. Die Tanzschritte schienen sehr einfach zu sein: zwei Schritte nach rechts, dann zwei nach links. Trotzdem musste sie sich konzentrieren, um mit den anderen mithalten zu können. Eine Weile tanzten sie im Einklang der Musik, bis diese allmählich lauter wurde. Bald spürte sie eine starke Hitze in ihrem Körper aufsteigen. Kam das von der Anstrengung durch das Tanzen? Sie drehte sich im Kreis und hob die Arme nach oben. Ihre Stirn und Wangen glühten plötzlich wie ein Backofen. Was war los? Hatte sie vielleicht einen Fieberanfall bekommen? Zugleich fühlte sich der Hals so pelzig an. Ihr war hundeelend zumute. Lange konnte sie das nicht mehr durchhalten. Abhauen, dachte sie, nur abhauen, weg von diesem sonderbaren Ort, den seltsamen Bewohnern von Mira und ihrem komischen Ritual.

★

»Lass los! Du musst loslassen!«

Woher kommt die Stimme? Die Lichter, die Personen, sogar der Stern in der Mitte drehen sich. Sie beschleunigen ihr Tempo und verselbständigen sich. Die auf- und abtanzenden Gewänder verschmelzen zu einer Farbe, gleißendes weiß, so hell, dass es fast die Augen blendet. Befindet sich Astron noch neben ihr? Wo sind die anderen? Das Gesicht von Maira taucht für einen

kurzen Moment neben ihr auf, bis es in dem wei-
ßen Nebel verschwindet. Ihre Knie fühlen sich
butterweich an. Unvermittelt hört sie eine liebli-
che Melodie im Hintergrund. Jemand singt etwas
von einer »Großen Wandlung«:

»Wir sind alle Kinder der Schöpfung Gottes
Darum vergiss nicht für deine Geschwister zu
beten!
Mein Bruder und meine Schwester sind die
»Große Wandlung« angetreten.
Sie gingen mit Freude.
Wir bitten um Gottes Segen für sie,
Mögen wir niemals mehr vergessen, für unsere
Brüder und Schwestern zu beten.«
(brasilianisches Lied)

Wenn doch diese starke Übelkeit nicht wäre. Sie
möchte um Hilfe rufen, aber ihre Stimme versagt.
Ihr Kopf ist so schwer und heiß. Die Gedanken
rasen darin wie wild.

»Lass einfach los und übergib dich der
Kraft!«
Da ist die Stimme wieder. Dringt sie aus ihrem
Inneren hervor? Nun gut, ist auch egal. War das
Astron? Was hatte er gesagt? Ich solle mich der
Kraft hingeben, erinnert sie sich. Alles geschehen
lassen. Den inneren Widerstand aufgeben!

Elina schwankt, die Knie geben nach. Sie lässt sich auf den Boden sinken, bis ihr Körper vollständig zum Liegen kommt. Reglos verharrt er nun am Boden. Um nichts in der Welt möchte sie in diesem Augenblick aufstehen. Ein strahlendes Licht taucht vor ihr auf und fesselt ihre Aufmerksamkeit.

Eine magische Wirkung scheint von diesem Licht auszugehen, denn es zieht sie in seinen Sog und augenblicklich befindet sie sich in dem Licht. Um sie herum leuchtet es hell und warm.

»Jetzt weiß ich, wie das ist, wenn man stirbt«, stellt Elina erstaunt fest. »So ist das also!«

Berührt jemand sie an der Hand? Sie hat den Eindruck, als ob sie getragen und anschließend auf ein himmelweiches Bett gelegt wird. Ah, das tut gut! denkt sie. Doch was ist das? Auf einmal schwebt sie knapp über dem Bett. Sie fühlt sich so leicht wie eine Feder und kann sich dabei bewegen. Von dort sieht sie ihren Körper auf einer Unterlage ruhen, umringt von den Sternengeschwistern, die sie anlächeln. Eine feine silberne Schnur, so dünn wie ein Spinnfaden, von ihrem Bauchnabel ausgehend, verbindet sie mit ihrem irdischen Körper. Astron winkt ihr zu. Er wünscht ihr eine »Gute Reise«. Sie saust mit irrer Geschwindigkeit immer höher, bis Astron und der

Rest nur noch Pünktchen sind. Schließlich ver-
schwinden sie ganz aus ihrem Sichtfeld.

Sternentanz

Dunkelheit umgibt sie. Doch es stört sie nicht. Es ist herrlich durch die Atmosphäre zu fliegen! So schwerelos dahinzugleiten. Keine Körperlast mehr, die sie aufhält. Sich in jede Himmelsrichtung bewegen zu können: rauf, runter, rüber, nach rechts oder links – sie genießt die neugewonnene Leichtigkeit des Seins. Gleich einem schwerelosen Teilchen im All.

In der Ferne flimmern winzige Lichter, die wie kleine Teelichter wirken. Ohne Umschweife lenkt Elina ihren Flug in diese Richtung. Die Lichter entpuppen sich als Sterne. In der Schwärze des Universums funkelt einer schöner als der andere. Atemberaubend, sie funkeln wie flüssiges Gold! Noch nie war sie den Sternen so nahe gewesen. Angesichts der Millionen von Sternen wird Elina die Unendlichkeit des Universums bewusst. Zugleich erscheinen ihr die Himmelskörper unglaublich vertraut. Jemand hatte ihr einst erzählt, dass die Sterne vielleicht Verstorbene seien. Die Sterne als verstorbene Menschen am Himmel – eine wunderbare Vorstellung.

Sie leuchten für uns, damit wir Menschen sie nicht vergessen, schießt es Elina durch den Kopf.

Während das Mädchen darüber sinniert, lenkt einer der Sterne durch sein helles Blinken Elinas ganze Aufmerksamkeit auf sich. Er erscheint ihr so vertraut – woran erinnert er sie nur? Oma? Omas strahlendes Lächeln kommt ihr in den Sinn. Das könnte Oma sein! Elina schwebt auf den Asteroiden zu. Und tatsächlich, wie zur Begrüßung flackert er mehrmals auf.

Ihr wird warm ums Herz. Sie verspürt einen großen inneren Frieden. Das erste Mal seit Omas Tod – halt! – besser seit Omas »großer Wandlung«.

Der Stern und das Mädchen beginnen im Reigen zu tanzen. Erst langsam kreisend, bis sie sich immer schneller bewegen. Von weitem erschallt Gesang:

»Wandle, wachse, sei frei!«

Die Strophe hallt noch lange in ihr nach. Das Geflimmer der Gestirne um sie herum verschmelzen zu einem Lichtkegel, der wie ein Strudel im Universum kreist. Mit einer irren Geschwindigkeit rast Elina dem Strudel entgegen. Da spürt sie einen Ruck an ihrem Bauchnabel. Die Silberschnur! Unsichtbare Kräfte ziehen sie an der Schnur aus dem Strudel heraus.

»Ade, Ade«, singen die Sterne im Chor.

★

»Was war das? Wo bin ich?«

Elina rieb sich die Augen. Sie lag auf einer der halbmondförmigen Holzbänke des Ritualraumes und schaukelte sanft vor sich hin. Jemand hatte sie zugedeckt. Astron und die anderen knieten vor ihr.

»Na, mein Engel, bist du zurück von deiner langen Reise?«, kicherte er.

»Die Sterne, das riesige Universum und zu guter Letzt die Wiederbegegnung mit Oma. Ach, es war so schön da oben. Ich wollte gar nicht mehr wiederkehren. Kann ich dort nicht noch länger bleiben?«

»Wir befürchteten schon, dass du dich dort sehr heimisch fühlen würdest. Das konnten wir natürlich nicht zulassen. Sonst wärst du vielleicht nie mehr zurückgekommen. Nun musst du dich erst einmal erholen. Ruhe dich aus. Ich bringe dir eine Erfrischung!«

Astron entfernte sich. Data und Aliston massierten sacht Elinas Hand. Die Berührung tat gut. Langsam spürte sie ihren Körper wieder. Es schwindelte ihr ein wenig und trotz der Decke fröstelte sie stark. Doch sie genoss das Beisammensein mit den Sternengeschwistern.

»Das Frösteln ist ein ganz normales Phänomen!«, bemerkte Data.

Aliston und Katron stimmten ihr bei.

»Nach außerkörperlichen Erfahrungen friert man manchmal, besonders wenn man eine so besondere Reise wie du hinter sich hat. Die Seele, die sich auf Reisen befand, muss den Körper erst wiederbeleben.«

Astron kehrte mit einem Becher Kristallwasser zurück. Er stützte Elinas Kopf mit den Händen. Sie nahm einen kräftigen Schluck aus dem Becher. Das köstliche Getränk floss ihre Kehle hinunter. Gleich fühlte sie sich besser.

»Ach Astron, wenn man einmal »da oben« war, will man gar nicht mehr zurück. Es war paradiesisch schön: ich fühlte mich so frei, leicht und unbeschreiblich glücklich. Wieso darf ich nicht im Paradies bleiben?«

»Das Paradies ist überall. Es ist ein geistiger Zustand, den du an jedem Ort finden kannst.«

Er sah sie liebevoll an.

»Du hast etwas ganz Außergewöhnliches erleben dürfen, nicht wahr?«

Elina nickte.

»Nun weißt du, wo Omas Seele zu finden ist. In einer sternenklaren Nacht schaust du in den Himmel und reist mit deinem Bewusstsein zu ihr. Der Stern, der am hellsten leuchtet und dir wie zuzublinzeln scheint, der ist es.«

Er verstummte, denn erneut erklang eine Melodie im Hintergrund. Wieder wurde von der »Großen Wandlung« gesungen.

»Astron, sag, habe ich die »Große Wandlung« erlebt?«

»Nein, sonst wärest du ja gestorben und würdest bei den verstorbenen Seelen weilen. Was du erlebt hast, war eine weitere »astrale Wanderung«. Dein »Ich« hatte den Körper verlassen und auf diese Weise konntest du »wandern« wohin du wolltest, so schnell wie ein Gedanke.«

Sie schwiegen eine Zeit lang. Elinas Kopf brummte angesichts der vielen Eindrücke.

»Wie fühlst du dich nun?«, wollte er wissen.

»Wie neugeboren«, kam es Elina über die Lippen. »Ich glaube, ich kann wieder aufstehen.«

Tatsächlich spürte sie eine belebende Energie in ihrem Körper, welche alle Zellen durchdrang. Vorsichtig, gestützt von den anderen, erhob sie sich.

»Wir könnten zur Sternenbasis gehen und noch ein wenig plaudern, bevor du nach Hause zurückkehrst«, schlug Astron vor.

★

Die Sternenbasis lag wie ein Baby friedlich schlummernd in der eigenartigen Landschaft von Mira. Wenn irgendetwas eine majestätische Ruhe ausstrahlen konnte, dann gewiss dieses Gebäude. Sie begaben sich ins Kristallzimmer. Dort machten sie es sich auf einem Sofa bequem, das aussah, als hätte es Riesenohren an den Seiten. Elina fühlte sich nun wieder im Vollbesitz ihrer Kräfte.

»Astron, was ist das für eine merkwürdige »silberne Schnur«, die ich am Bauchnabel gesehen habe?«, nahm sie das Gespräch auf.

»Ah, du meinst die Silberschnur! Ja, dazu gibt es viel zu berichten. Warte!«

Er ging zu einem Bücherregal, zog ein dickes goldenes Buch heraus und schlug es in der Mitte auf.

»In diesem Buch sind wichtige mystische Vorgänge festgehalten«, erklärte er ihr. »Über die astrale Silberschnur steht dort folgendes geschrieben: Wenn der Körper schläft, ruht er vollständig, doch der Geist führt sein eigenes Leben und begibt sich ins geistige Reich. Das »Ich« und der Körper bleiben weiterhin durch die »Silberschnur«, für die es keine räumliche Entfernung gibt, verbunden. Solange die silberne Schnur hält, kann der Geist während des Schlafes oder während der Astralreisen frei umherstreifen. Die Eindrücke, die dabei entstehen, gelangen an der Silberschnur ins Bewusstsein. Schult man sich methodisch, kann dies auch im Wachzustand geschehen. Bist du »in dir«, kannst du überall sein. Nur der Tod durchschneidet die Schnur, wenn der Geist zu neuem Leben in die geistige Welt zurückkehrt, so wie ein neues Leben für ein Kind beginnt, dessen Nabelschnur durchschnitten wird, um es von der Mutter zu trennen. Die Geburt bedeutet für das Kind ein Übergang in eine neue

Dimension, raus aus dem behüteten Dasein des Mutterleibs. Ebenso bedeutet der Tod für den Geist die Wiedergeburt in eine freiere geistige Welt. Soweit zur Silberschnur.«

Erwartungsvoll schaute Astron Elina an.

»Hast du alles verstanden?«

»Nein, aber es klingt gut«, lachte Elina.

Er klappte das Buch zu.

»Du bist auch so ein kleiner Schelm«, meinte er und zwickte sie leicht in den Arm.

Es war das erste Mal, dass sie so etwas wie Bewunderung in seiner Stimme hörte. Es tat ihr so gut, denn sie mochte Astron wirklich gerne.

»Aber eines spüre ich nun ganz deutlich!«, Elina sah Astron fest in die Augen. »Ich habe tatsächlich weniger Angst vor dem Sterben. Mein Herz fühlt sich leicht und beschwingt an.«

»So soll es sein«, Astron lächelte. »Ich freue mich, dass dir das Ritual viel geben konnte. Für heute hast du wirklich viel erlebt.«

Diesmal kehrte Elina gestärkt und mit frohem Mut in ihr gewohntes Leben zurück. Die Traurigkeit über Omas Tod hatte sich seit diesem Erlebnis völlig aufgelöst. Sie hatte nun die Gewissheit, dass alles seine Richtigkeit besaß.

Unterricht

Vier Wochen waren inzwischen vergangen, in denen Elina weder von Mira, noch von seinen Bewohnern gehört hatte. Sie bekam langsam wieder Sehnsucht. Doch instinktiv wusste sie, dass sie eine gewisse »Wartezeit« zu absolvieren hatte, um die letzten Erlebnisse auf einer tieferen Seelenebene verarbeiten zu können.

In der Schule wurde neuer Stoff durchgenommen. Deshalb konzentrierte sie sich sehr auf das Lernen. Glücklicherweise sprach Birgit sie nicht mehr wegen ihrer »Phantastereien« an. Elina war erleichtert, keine Erklärungen abgeben zu müssen.

Eines nachts hatte sie das untrügliche Gefühl, dass es »wieder so weit war«. Das Sandmännchen erschien ihr erneut und ihr Herz hüpfte vor Aufregung. Was wohl diesmal geschehen würde?

Nach der kleinen Begrüßung streute er ihr seine Sandkörnchen in die Augen. Sie sank diesmal sofort in den Schlaf. Als sie erwachte, befand sie sich auf jener vertrauten Wiese, an der sie Mira sofort erkannte.

Mira – allein der Name verbarg schon so viel Zauber. Elina drehte sich um und lächelte. Astron saß fast direkt hinter ihr im Schneidersitz.

»Hallo Elina, mein Sternenkind, soeben wollte ich dich ein wenig erschrecken. Aber ich glaube, das klappt nicht mehr«, scherzte er. »Du hast keine Angst mehr vor mir, oder?«

»Da musst du dir schon was Besseres einfallen lassen«, lachte Elina.

»In Ordnung, Elina. Ich dachte an Folgendes. Wie wäre es heute mit ein wenig Unterricht?«

»Unterricht?«, stieß Elina nicht gerade sehr erfreut über diese Frage hervor.

»Na, klar, Elina, was meinst du, weshalb du heute zu uns gekommen bist?«

»Um Oma vielleicht wiederzusehen!«

Er schüttelte den Kopf.

»Deine Oma ist tot. Du hattest die Gelegenheit erhalten, dich von ihrer Seele voll und ganz zu verabschieden. Jetzt kennst du den geistigen Ort, wo sie in Frieden verweilt. Darauf musst du es nun beruhen lassen. Es tut den Seelen der Verstorbenen nicht gut, sie durch permanente Trauer energetisch zurückzuholen. Auch sie wollen sich weiterentwickeln und vielleicht sogar in einen neuen Körper wiedergeboren werden. Wir müssen lernen, die geliebten Verstorbenen beizeiten »loslassen« zu können. Heute möchte ich dich jedoch in etwas anderem Bedeutsamen unterrichten!«

Er lud sie ein, sich neben ihm auf die Wiese zu setzen.

Elina verzog das Gesicht. Wo sie doch gerade in der Schule so viel lernen musste.

»Bei mir wirst du etwas sehr Essentielles lernen«, fuhr er fort. »Etwas, was genauso wichtig ist, wie Lesen und Schreiben, wenn nicht sogar wichtiger. Wenn du das beherrscht, kannst du wahre Meisterschaft in deinem Leben erlangen.«

Er zupfte ein paar von den schönen Blumen ab und ordnete sie am Boden zu einem Gebilde an. Elina erkannte das Symbol für ein Herz.

»Ist nicht alles wichtig?«, entgegnete sie ihm trotzig. »Man lernt doch nie aus, oder?«

Astron ließ sich nicht beirren.

»Die »SPRACHE DES HEZENS«, er zeigte auf das Blumengebilde, »zu lernen ist eine hohe Kunst. Nur wenige beherrschen sie.«

»Die »Sprache des Herzens«? Das klingt kitschig.«

Er überging ihren Kommentar.

»Sämtliche positive oder negative Emotionen, seien sie von uns oder von anderen, beeinflussen unser Denken und Handeln. Oft genug empfinden wir sehr widersprüchliche Gefühle. Das verwirrt uns und wir wissen nicht, welchen Gefühlen wir vertrauen können. Mit Hilfe der »Sprache des Herzens« können wir die für uns »richtigen« Gefühle und Gedanken, die allein un-

serem innersten göttlichen Kern entstammen, erkennen. Nur dein Herz kann dich zu deinem persönlichen Lebensziel führen und dir den richtigen
Weg weisen. Es spricht zu dir. Alles was du tun
musst, ist deine Wahrnehmung zu schulen.«

Er zeichnete mit den Fingern das Blumenherz
nach.

»Wenn du beispielsweise jemanden ken-
nen-lernst, woher weißt du, dass er es gut mit dir
meint?
Es gibt Menschen, die dich bewusst oder unbe-
wusst benutzen wollen, fuhr er fort. Sie heften
sich an deine Kraft, an deine Energie. Sie sind
unklar in ihren Absichten, auch wenn sie vielleicht nicht wirklich böse sind oder dir bewusst
übelwollen. Und wenn du mit Personen zusam-
menkommst, die nur an ihrem Eigennutz interessiert sind, ohne dass sie dir etwas von sich geben,
wirst du mit der Zeit unklar und fühlst dich fortan
schwächer. Vielleicht wirst du sogar krank. Es
kann passieren, dass du deine wahren Absichten
vergisst und auf negative Weise an diese Personen gebunden bist. Hier ist es besonders wichtig,
auf die »Stimme des Herzens« zu hören.« Ebenso, wenn du vor wichtigen Entscheidungen stehst,
die deinen Lebensweg grundlegend verändern.
Denn nur Herzensentscheidungen führen dich zu
einem erfüllten Leben.«

»Wie kann ich das erreichen?«

Astron deutete auf seine Brust, wo der kreisrunde Fleck mit dem Stern aufgezeichnet war.

»An diesem Ort befindet sich unser wichtigstes Energiezentrum, das Herzzentrum. Weißt du noch, wie ich dir in einem Moment der Schwäche Energie schickte? Danach ging es dir besser. Hast du mal dein eigenes Herz gespürt, ich meine dein physisches, neben dem normalen Herzschlag?«

»Natürlich. Wenn ich mich sehr freue, wird es mir dort buchstäblich warm.«

»Siehst du, es meldet sich sozusagen zu Wort, in Form von Empfindungen, Gefühlen bis hin zu Bildern und Symbolen. Tauchen positive Gefühle auf, kann es »vor Freude hüpfen« oder warm werden. Bei negativen Gefühlen »sticht« es. Und gar bei Angst zum Beispiel kann der Eindruck entstehen, »das Herz rutsche in die Hose«. Es gibt unzählige Beispiele. Nur messen wir dem oft zu wenig Bedeutung bei. Schlimmer noch, wir versuchen oft genug, die Empfindungen zu verdrängen.«

»Und was ist mit dem Verstand? Wozu haben wir einen Verstand?«

»Das ist eine sehr kluge Frage. Auch er spielt eine wichtige Rolle bei der »Sprache des Herzens«. Er besitzt ebenso eine Stimme, mit der er sich zu Wort meldet. Auch er äußert sich bisweilen sehr widersprüchlich. Erst wenn Herz und

Verstand übereinkommen, kannst du die richtige Entscheidung treffen.«

Er hielt inne, griff in seine Tasche, holte etwas hervor und hielt es Elina vor die Nase.

»Weißt du, was das ist?«

Erstaunt betrachtete Elina den Gegenstand, der einem rosafarbenen Stein glich.

»Ein rosafarbener Kristall?«, wunderte sie sich.

»Ja«, antwortete Astron. »Dies ist ein Rosenquarz. Er gehört zu den Edelsteinen. Bei euch findet man ihn sehr häufig.«

»Wozu soll er gut sein?«

»Der Rosenquarz wird seit jeher als Stein des Herzens verehrt. Ihm wird heilende Energie für das Herz zugesprochen. Sollte deines einmal sehr aufgeregt sein, lege einen Rosenquarz darauf und du wirst sofort seine beruhigende Wirkung spüren.«

»Darf ich ihn in die Hand nehmen?«

»Aber sicher. Halte ihn an deine Brust und spüre hinein. Währenddessen machst du es dir bequem und schließt die Augen. Ich erkläre dir eine wunderbare Übung, durch die du lernst, mit deinem Herzen zu kommunizieren.«

Elina nahm den Stein ehrfürchtig in ihre Hand. Sie legte sich hin und platzierte ihn auf die Brust. Er fühlte sich erstaunlich leicht an.

Astron beobachtete sie.

»Atme ruhig und regelmäßig. Atme in dein Herz hinein«, flüsterte er. »Nun erinnere dich an einen besonders schönen Moment in deinem Leben. Halte dieses Gefühl in deinem Bewusstsein und deinem Herzen fest.«

Tatsächlich wurde Elina mit jedem Atemzug ruhiger. Ihr Körper entspannte sich mit jeder Faser.

Astron fuhr fort:

»Frage jetzt dein Herz, ob es dir ein bestimmtes Bild zeigt.«

Elina bemühte sich, sich zu konzentrieren. Ihre Augen zuckten leicht.

»Kannst du etwas erkennen?«

»Mmh...«, murmelte Elina. »Doch, ja... jetzt sehe ich etwas. Meine Eltern! Ja, ich sehe ganz deutlich meinen Vater und meine Mutter.«

»Kannst du ihre Gesichter genauer wahrnehmen?«

»Ich versuche es... ja, jetzt geht es. Sie... sie sehen so traurig aus!«

»Warum?«

»Das weiß ich nicht. Ich wundere mich.«

»Dann ist es an der Reihe, sich bei deinem Herz zu erkundigen. Es kennt die Antwort.« Astron lächelte ihr aufmunternd zu.

Sie schwiegen eine Weile, bis Elina sprach:

»Es teilt mir mit, dass sie mich sehr liebhaben, doch sie machen sich große Sorgen um mich.«

»Weshalb?«

»Ich habe so abwesend auf sie gewirkt in letzter Zeit«, antwortete sie. »Sie denken, ich sei verstört, wegen Omas Tod. Sie wissen nicht, wie sie damit umgehen sollen.«

»Kannst du ihnen erklären, dass du sie auch sehr liebhast und dass sie sich deinetwegen nicht sorgen müssen?«

»Wie soll ich das tun? Sie sind doch nicht hier!«

»Sag es mit deinem Herzen. Sozusagen von Herz zu Herz.«

Elina nickte und fokussierte sich wieder mit Hilfe des Rosenquarzes auf ihr Herzzentrum.

»Verändert sich etwas?«, wollte Astron nach einiger Zeit wissen.

»Ja«, sprach sie. »Mama und Papa fangen zum Lächeln an. Sie spüren die Botschaft, die ich ihnen schicke.«

»Siehst du, so einfach geht das. Sie haben deine Botschaft erhalten, auch wenn sie sich Äonen von dir entfernt befinden. Der Raum spielt keine Rolle. Dein Herz besitzt höchste Intelligenz und ist der größte Heiler.«

»Das ist wirklich faszinierend.«

Astron strahlte sie an.

»Ich denke, das Prinzip hast du verstanden. Wende es an, wann immer du meinst, dass du es brauchst. Du kannst jetzt noch ein wenig liegen bleiben. Es ist gut, nachzuspüren.«

Elina hielt den Stein fest an sich gedrückt. Seine wohltuende Wirkung war erstaunlich.

»Muss ich dich wieder verlassen?«, fragte sie mit Wehmut in der Stimme.

»Ja, meine Sternenschwester, unser Unterricht neigt sich dem Ende zu. Auch wenn die Zeit bei uns ganz anders verläuft, solltest du die jetzigen Erkenntnisse in deiner Welt leben.«

Abschied von Mira

»Du hast eine Menge bei uns gelernt. Nun ist die Zeit gekommen, voneinander Abschied zu nehmen.«

Astron sah sie mit ernsten Augen an.

Elina erschrak.

»Wie meinst du das? Für immer?«

»Nun ja, es liegt nicht in unserer Hand. Wir haben dich alles gelehrt, was im Bereich unserer Möglichkeiten steht. Erinnerst du dich, wie traurig du anfangs gewesen bist wegen deiner Oma? Wir konnten dir ein wenig von deiner Trauer nehmen und dir ein größeres Verständnis von Leben und Sterben vermitteln. Und wir konnten dir zeigen, wie essentiell die Herzensliebe in unser aller Existenz ist. Doch nun ist unsere Mission erfüllt. Wer weiß, vielleicht begegnen wir uns ja wieder. Wenn das große Geheimnis dies für uns vorgesehen hat.«

Elina schluckte. Bei der Vorstellung endgültig Abschied zu nehmen, spürte sie ein Stechen in der Brust. Nicht mehr nach Mira reisen, keinen Astron mehr treffen und mit den anderen Sternengeschwistern Sternenkuchen naschen? Sie wurde unsäglich traurig. Ihre Hand hielt den Rosenquarz noch immer fest umklammert.

»Sei nicht betrübt, Elina!«

Astron streichelte ihr zärtlich übers Gesicht.

»Ich mag dich so, wie du bist! Du weißt, deine Sternengeschwister sind allzeit mit dir freundschaftlich verbunden.«

Mit einem Mal konnte Elina ihre Tränen nicht mehr zurückhalten. Sie fing bitterlich zu weinen an.

»In Gedanken bin ich stets bei dir«, betonte Astron zum wiederholten Male.

»Weißt du, so ist das mit dem »Loslassen«. Immer wieder werden wir alle vor die Aufgabe gestellt, gerade das, was uns am Herzen liegt, »frei zu geben«. Wir können nichts festhalten. Es ist ein schmerzhafter Prozess. Doch es bereitet uns letztlich auf das »Große Loslassen«, den eigenen Tod vor, wenn die Seele den Körper verlässt. Das Tröstliche ist, dass auch wieder etwas Neues kommt: stirb und werde! Ohne Anfang kein Ende. Anfang und Ende sind eins.«

»Ach Astron«, schluchzte Elina. »Ich glaube, ich werde das nie verstehen. Das, was man liebt zu verlieren, tut doch unglaublich weh.«

Sie dachte an ihre Eltern, an Oma, ihre Freunde und nicht zuletzt an Astron.

Der Sternenjunge spürte ihre Verzweiflung.

»Alles zu verstehen ist uns nicht gegeben«, entgegnete er sanft. »Auch wir beide sind Wesen, die sterben werden. Wir können es nur akzeptieren. Wir haben Gefühle, Sehnsüchte und Hoffnungen, die uns ein Leben lang begleiten. Vielleicht besitzen wir ein Heim, Familie, Freunde oder Dinge, an denen wir hängen, doch wissen wir, dass wir sie eines Tages verlassen müssen. Doch mit dem Erwachen des Bewusstseins sind wir nicht mehr Opfer des Lebens, sondern dessen Zeuge. Wir fühlen nach wie vor Schmerz, Leid und Trauer, aber sie können uns nicht mehr überwältigen.«

Er machte eine Pause, bevor er weitersprach:

»Sieh nur, wir beide besitzen die gleiche Wellenlänge und deshalb mögen wir uns besonders gern. Nimm unsere Freundschaft als Geschenk des Universums an. Ich habe ein Lied für dich empfangen. Dies möchte ich dir zum Abschied schenken.«

Er beugte sich zu ihr herab und sang ihr ins Ohr:

»Einfach da zu sein, ist der Sinn des Lebens
und ohne Liebe ist das Leben ganz vergebens.

»Vertraue in die Kraft, die Universen erschafft –
dem Gehen und Entstehen durch die göttliche
Macht!«

Elina schloss die Augen und lauschte.

»Es klingt wunderschön«, stammelte sie vor Ergriffenheit.

»Dieses Lied enthält meine Erkenntnis«, sprach Astron. »Es »kam« zu mir während unse-

90

res Rituals, als du bei den Sternen warst. Ich habe zwar hauptsächlich auf dich aufgepasst, doch einmal wurde auch mir die Gegenwart des Großen Geheimnisses zuteil.«

Elina strahlte. Wie süß von ihm, dachte sie sich.

»Auch ich möchte dir etwas schenken«, sprach sie. Sie schlang ihre Arme um ihn und drückte ihm einen dicken Kuss auf die Wange.

Astron lachte. »Was ist denn das?«

Er wirkte ein klein wenig verlegen.

»Kennst du das nicht?«, Elina fragte erstaunt. »Bei uns nennt man das einen Kuss. Wir tauschen ihn aus, wenn wir jemanden sehr mögen. Als Zeichen großer Zuneigung.

»Ich glaube«, spaßte Astron, »als nächstes steht mein Besuch bei euch an, um von euch zu lernen.«

Er küsste sie ebenfalls, noch etwas unbeholfen auf die Wange. Elina errötete.

»Was ist, wenn wir uns nie mehr sehen?«, fragte sie

»Elinchen, ich bin immer bei dir und eines musst du wissen:

»Liebe geht über den Tod hinaus!«

Als er dies ausgesprochen hatte, wurden sie auf einmal von den anderen Sternengeschwistern umringt. Alle, die Elina kennen gelernt hatte, waren zur Wiese gekommen: Katron, Omegon, Aliston, Data, Elora und Lalique. Sie umarmten Elina.

»Wir sollen dir von Maira liebe Grüße bestellen! Sie lässt dir ausrichten, dass du auf deiner Astralreise außerordentlich tapfer warst. Wir haben dich alle sehr liebgewonnen und wünschen dir auf deiner »Reise« alles Gute.«

»Reise? Habt ihr schon wieder ein Abenteuer mit mir geplant?«

»Nein!«

Die Sternengeschwister kugelten sich vor Lachen.

»Wir meinen natürlich deine Erdenreise!«

Mittlerweile war es Abend geworden. Die Sonnen hatten sich hinter die Berge verkrochen. Sterne zogen am Firmament auf. Sie hielten sich an den Händen und starrten nach oben. Die Unendlichkeit, dachte Elina, wenn nicht woanders, so zeigt sie sich hier. Sie vergaß ihre Traurigkeit. Elina war einfach nur glücklich und verinnerlichte diesen Moment in ihrem Herzen.

Astron nickte wohlwollend. Jetzt hat sie es verstanden, dachte er, sich jederzeit freuen zu können. Er umarmte sie ein letztes Mal und sprach:

»Wir werden in Kontakt bleiben, Elina! Achte auf Zeichen von uns in deiner Welt. Sie werden sich dir zu erkennen geben.«

Rasch verdunkelte es sich, so dass sie seine Gesichtszüge nicht mehr deutlich sah. Das All glitzerte mit seinen Millionen von Leuchtkörpern über ihre Köpfe hinweg.

»Tschüss Mira – ich werde dich nie vergessen!«, hauchte Elina.

Sie nahm Astron und die Sternengeschwister nur noch schemenhaft wahr. Ihre Umrisse verwischten mit dem Schwarz der Nacht.

Ich kehre in meine Welt zurück, dachte Elina, doch in meinem Herzen werde ich euch immer bewahren!

»Über den Tod hinaus«

Da steht mein Schreibtisch, mein Schulranzen und da sind die Kuscheltiere, stellte Elina fest. Ich bin also zuhause! Habe ich schon wieder so intensiv geträumt? Sie kauerte in ihrem Bett und rieb sich schlaftrunken die Augen.

Papa betrat das Zimmer.

»Du hast lange geschlafen. Und dabei so süß gelächelt«, sprach er.

»Hallo Papa!«, wunderte sich Elina, wieso bist du da? Musst du nicht arbeiten? Und wo ist Mama?«

Er schüttelte den Kopf.

»Ich vertrete Mama heute. Sie ist zum Arzt gegangen, weil ihr nun öfter mal schlecht ist.«

Elina erschrak. War etwas Unangenehmes passiert? Papa grinste über das ganze Gesicht.

»Was ist los?«, fragte Elina erstaunt. »Stimmt etwas nicht?«

»Elina, deine Mama ist schwanger! Du wirst ein Geschwisterchen bekommen.«

Elina lächelte und sank zurück ins Kissen. Ein Geschwisterchen, wie schön! Sie malte sich aus, wie sie das Baby in den Armen halten würde.

Ein neues Wesen kündigte sich also an: ein Baby! Wie es wohl sein mochte, wiedergeboren zu werden?

Unterdessen war Papa in die Küche gegangen und bereitete das Frühstück vor. Er summte eine fröhliche Melodie. Sie klang fast ein bisschen wie eines der Lieder, welches Elina bei der Zeremonie auf Mira gehört hatte. Elina zog sich an und packte ihre Schulsachen.

Als sie die Küche betrat, fiel ihr Blick auf den Jahreskalender. Es war ein Kalender mit Landschaftsmotiven. Bisher hatte sie ihn nie beachtet. Doch diesmal zog das Bild sie in seinen Bann. Eine Wiese vor hohen Bergen war zu sehen. Die Wiese leuchtete golden, beschienen von einem Sonnenstrahl, der knapp über die Berge auf das Tal fiel. Darüber zog sich ein sternenklarer Himmel. Die Szene wirkte, als sei sie an einem frühen Morgen zur aufgehenden Sonne aufgenommen worden. Das Foto versetzte ihr einen Stich. Als hätte jemand auf Mira fotografiert. Sehnsüchtig starrte sie auf den Kalender.

Loslassen ist erst möglich, wenn man den Schmerz richtig spürt, ihn weder verdrängt, noch unnötigerweise übertreibt, dachte sie. Das ist sicherlich eines der Zeichen, von denen Astron gesprochen hatte, schoss ihr durch den Kopf. Der Gedanke erfüllte sie mit unbeschreiblicher Freude. Astron hat mich viel gelehrt, und dabei schweifte ihr Blick in die Ferne. Aber die wichtigste Botschaft von allen lautet:

Liebe geht über den Tod hinaus!

Zur Entstehung des Buches

Drei Mädchen inspirierten mich im Wesentlichen zu diesem Buch: Martina, Petra und Elina.

Martina aus St. Johann lernte ich auf einem Urlaub in den Bergen kennen. Dringend erholungsbedürftig von dem hektischen Alltag und dem Leben in der Stadt, hatten mein Freund Ulrich und ich uns für ein paar Tage auf eine einsame Berghütte hoch oben in den Alpen Österreichs zurückgezogen. Ein Bergbauer lebte dort mit seiner Familie, der Vermieter der Hütte und der einzige Nachbar weit und breit. Es war Anfang Oktober, doch bereits bitter kalt, obwohl noch kein Schnee gefallen war. Für einen Spaziergang in den nahegelegenen Wald zogen wir Wintermäntel und gefütterte Stiefel an. Wir stapften hinaus und kamen an dem Bauernhaus vorbei. Dort spielten mehrere Kinder vor dem Stall. Neugierig hoben sie die Köpfe und starrten uns an.

»Sieh mal!«, sagte ich bei ihrem Anblick zu Ulrich. »Es sieht so aus, als ob die gar nicht frieren.«

Sie trugen lediglich Sweatshirts, Latzhosen und dünne Gummistiefel. Jacken oder Mäntel schienen sie nicht zu brauchen.

»Tja, die sind eben abgehärtet«, meinte Ulrich lachend. »So ist das, wenn man in den Bergen groß wird.«

Eines der Kinder, ein Mädchen, kam zu uns gelaufen. Rotwangig und pausbäckig war sie – ein hübsches Gesicht, umrahmt von dunkelblond gelocktem Haar. Sie mochte vielleicht zehn Jahre alt sein.

»Geht ihr in den Wald?«, fragte sie uns.

Wir nickten.

»Darf ich mitkommen?«

»Ja gerne. Aber kannst du denn einfach weggehen?«

»Ich werde Opa Bescheid sagen. Ihr seid die Leute aus München, gell?«

Martina, so hieß die Enkelin des Bergbauern, war ein erfrischend liebenswürdiges Mädchen. Von da an begleitete sie uns bei den täglichen Spaziergängen. Ich nannte sie deshalb »meine kleine Weggefährtin«. Auf unseren Wanderungen zeigte sie uns Stellen, wo Fliegenpilze zuhauf wuchsen und erzählte uns nebenbei Geschichten von Zwergen und Feen. Sie vertraute mir viel von sich und der Welt, so wie sie sie erlebte, an. Sie sprach dabei so unbefangen, offen und lebendig über ihre außergewöhnlichen Erlebnisse, als wären sie völlig selbstverständlich. Einmal stapften wir einen Pfad hoch, der tief in die Berge hineinführte. An einer Stelle blieb Martina stehen und deutete in den Himmel.

»Weißt du, was ich glaube?«, sprach sie. »Die Sterne, am Himmel, das sind diejenigen, die schon gestorben sind. Sie leuchten uns den Weg, so dass wir uns an sie erinnern können.«

Martina ist ein besonderes Mädchen, empfand ich, auf ihrer Art und Weise erleuchtet. Sie gestand mir, dass sie in mir jemanden gefunden habe, der sie endlich »verstehe«. Zuhause hatte sie niemanden, mit dem sie sich »über solche Dinge« unterhielt. Ihre Gedanken bewegten mich tief. Und als unsere Ferienwoche zu Ende ging, schwor ich mir, aus all dem, was sie mir erzählt hatte, eine Geschichte zu schreiben. Sie hatte nichts dagegen.

Am letzten Tag des Urlaubes standen wir früh auf, um schweren Herzens unsere Koffer zu packen. Weder Ulrich, noch ich verspürten große Lust, in die Großstadt zurückzukehren. Verdutzt schaute ich nach draußen. Schnee rieselte vom Himmel herab. Kleine winzige Flöckchen purzelten vom Himmel. Wir ließen uns Zeit mit dem Packen, kochten Tee und aßen Kekse. Da klopfte jemand lautstark an unsere Türe. Ulrich öffnete. Martina kam aufgeregt in die Wohnstube, das Gesicht vom Laufen gerötet.

»Ihr müsst jetzt fahren!«, rief sie. »Der Opa hat mich hergeschickt! Er lässt euch ausrichten, dass ihr sofort aufbrechen müsst, weil die Straße gefriert. Wenn ihr später fahrt, wird es zu gefährlich. Ohne Schneeketten kommt ihr nicht ins Tal hinunter!«

Bestürzt sahen wir uns an. Mit den Sommerreifen und ohne Schneeketten blieb uns keine Wahl. Die Lebensmittel waren aufgebraucht, in ein paar Stunden würde es kalt werden im Haus, da das Feuerholz für den Kamin ausgegangen war. Außerdem riefen die Pflichten in der Stadt. Wir durften nicht mehr zögern. Hastig brachten wir unsere Sachen ins Auto. Würden wir es problemlos ins Tal schaffen? Martinas Augen verrieten mir, dass auch sie besorgt war. Doch las ich auch eine Spur von Traurigkeit darin. Hatte sie Kummer?

»Sei nicht traurig, meine kleine Waldfee«, sagte ich zu ihr und streichelte ihr das Haar.

»Wann kommt ihr das nächste Mal zu Besuch?«, fragte sie und schluckte dabei.

»Ich weiß es nicht, aber wir fahren bestimmt wieder in die Berge. Dann gehen wir jeden Tag in den Wald spazieren und besuchen die Zwerge!«

Ich übergab ihr den Schlüssel der Hütte für den Bergbauern. Sie lief den Weg hinunter bis zur Bergstraße, während wir ins Auto stiegen. Noch heute sehe ich sie deutlich vor mir, wie sie uns, den Schlüssel in der Hand haltend, am Gatter zuwinkte. Tränen liefen ihr die Wangen herab. Es rührte mich zutiefst und plötzlich spürte auch ich einen Kloß im Hals. Der spiegelglatte Weg erforderte jedoch alle Konzentration und wir waren heilfroh, als wir nach mehrmaligem Bremsen im Tal ankamen. Martina habe ich seitdem nicht wieder getroffen, doch hoffe ich sehr, dass sich eines Tages unsere Wege wieder kreuzen werden.

Petra begegnete ich das erste Mal auf einem Seminar zum Thema »Heilung und Bewusstsein« im Bayerischen Wald. Ihr Vater, bei dem sie lebte, brachte sie damals mit. Während des Seminars kümmerte ich mich um sie und wir freundeten uns an. Sie war gerade vierzehn Jahre alt geworden, ein pubertierender Backfisch. Doch sie las bereits Bücher über Reinkarnation, Astrologie und schrieb nachdenkliche Gedichte. Sie liebte besonders Geschichten von Indianern. Wir verstanden uns prima. Ich konnte mich mit ihr besser austauschen, als mit so manchem Erwachsenen. Einmal sah ich sie an und glaubte für einen kurzen Moment, in ihren Gesichtszügen das Antlitz einer alten weißhaarigen Indianerin, die mir zulächelte, zu erkennen. Als ich ihr von dieser Auffälligkeit erzählte, überraschte sie das nicht.

»Ich kenne die Frau, sie ist meine Schutzgöttin«, meinte sie.

Für Petra war das ganz »normal«. Sie sagte, sie könne sich auch an frühere Leben erinnern, besonders natürlich an Indianerleben. Unnormal erschien ihr, warum andere Menschen zu solchen Erinnerungen keinen Zugang hatten.

»Wieso erkennen die Leute nicht, dass sie schon viele Male gelebt, geliebt, gestritten und gekämpft haben? Wieso machen die Menschen Krieg, wo sie doch Brüder und Schwestern sind?«, fragte sie mich gedankenvoll.

Darauf wusste ich ihr nichts zu antworten. Genauso wie sie es in ihrem Gedicht beschrieben hatte, welches sie mir später in einem Brief schickte:

»Über den Tod hinaus«

Man sagt,
das Leben ist kein leichtes Spiel.
Warum auch?
Es ist doch niemandem bewusst,
»warum« das so ist.
Wozu gibt es denn eigentlich Gefühle?
Man missbraucht sie doch sowieso.
Träume sind in einem Traum,
Gott fängt an und die Menschen machen weiter.
Eine Illusion, die uns real vorkommt.
Doch leider nur Vergeudung des schönen Lebens.
Kein bisschen Respekt vor der Wahrheit,
man hat Angst davor.
Es gibt eine Frage,
auf die weiß weder ein Schamane, noch ein Geist,

weder Hexe, noch Druide eine Antwort:
W a r u m?
Warum bekriegen sich die Menschen,
Warum lieben sich die Menschen,
Warum gibt es Planeten, Sterne, Sonne, Mond
Warum gibt`s das Alles?
Nein, es weiß niemand.

Petra Böttcher, 14 Jahre

Darunter schrieb sie:

»Ich hoffe, du nimmst mich ernst. Aber ich denke schon. Na ja, alles andere kann ich dir nur mit meinen Gefühlen senden und mit meinem Herzen sagen!«

Heute ist Petra eine attraktive junge Frau und hat ihren ersten Freund. Die Gedichte von ihr aus jener Zeit werde ich nie vergessen! An dieser Stelle möchte ich mich nochmals bei Petra bedanken!

Das dritte wunderbare Wesen, welches mich maßgeblich beim Schreiben beflügelte, ist meine eigene Tochter Elina. Insbesondere trug sie als »Namensgeberin« der Heldin meines Märchens bei. Noch bevor ich schwanger wurde, »kommunizierten« wir miteinander, während meiner Meditationen. Sie sagte mir, dass sie ein Mädchen sei und gerne in unserer Familie aufwachsen würde. Man kann es glauben oder nicht, sie nannte mir sogar ihren Namen, mit dem sie getauft werden wollte. Hinterher las ich in einem Namensbuch, dass »Elina« die »Strahlende« heißt. Es überraschte mich daher nicht, als ich ein Mädchen zur Welt brachte. Und einen Namen hatten wir ja bereits.

So inspirierten mich also Martinas Anschauung zum Thema Tod, Petras Gedanken und Elinas Ankunft zu dem Märchen »Elinas Reise zu den Sternen«.

Ich bin überzeugt, dass Millionen von Kindern auf der Erde leben, die sich, genau wie die drei, auf ihre Art Gedanken über Leben und Sterben machen. Die zum Teil auch Vorahnungen besitzen und in ihrer Phantasie »Reisen in andere Dimensionen« unternehmen oder gar mit »unsichtbaren« Gefährten spielen. Für sie habe ich das Buch geschrieben, um ihnen Mut zu machen. Insbesondere will sich diese Erzählung kindgerecht mit dem Thema Tod auseinandersetzen. »Sterben« wird als ein Übergang in eine andere Dimension – die Rückkehr in die geistige Welt – unser aller Ursprung, betrachtet. Kinder, vor denen das Thema Tod nicht tabuisiert wird, müssen keine Angst aufbauen. Sie lernen auf natürliche Weise damit umzugehen. Denn alles ist vergänglich und ordnet sich dem ewigen Kreislauf unter.

Widmung

Dieses Buch möchte ich vor allem einer Frau widmen, die mittlerweile verstorben ist. Gertrude Hammerl-Huber war über viele Jahre meine geistige Wegbegleiterin und Mentorin. In stundenlangen Telefonaten und Gesprächen half sie mir, mich neu zu sortieren und sprach mir Mut für meine Projekte zu. Sie redigierte das Manuskript nicht nur inhaltlich, sondern verschönerte es auch mit liebevollen kleinen Malereien. Als sie es mir per Post zurückschickte, duftete es nach Räucherwerk. Leider durften ihre Freunde nach ihrem Tod aufgrund von Datenschutzbestimmungen des Seniorenheims nie erfahren, wann und wo sie beerdigt wurde. In mir lebt sie weiter. Denn wenn ich es schaffe, mich tief mit meinem Herzen zu verbinden und an sie denke, habe ich Kontakt mit ihr. Es funktioniert! Danke dir, liebe Gertrude.

Namentlich seien auch noch folgende Personen erwähnt, die mich beim Realisieren der Geschichte unterstützt haben:

Ute E. Kochinke

Arnhild Stroh

Marc Trefz

Königsbrunn, Dezember 2020

Ebenfalls erschienen:

Wenn das Meerschweinchen Dialyse braucht

Geschichten zum Schmunzeln und Nachdenken
von Nathalie Salem

»**Wenn das Meerschweinchen Dialyse braucht**« ist ein herrlich bunter Geschichtenmix über freche, skurrile und heitere Episoden aus dem Leben der Autorin. Aufgewachsen als „Ausländerkind" in einer schwäbischen Kleinstadt, geriet sie schon als Kind in absurde Situationen mit ihren Mitmenschen, die so oder ähnlich auch jedem anderen hätten passieren können. Ihre Erzählungen von urkomischen Begegnungen mit Menschen und Erlebnissen mit eigenartigen Tieren erheitern den Leser, regen aber auch zum Nachdenken an. Wie bringt man einen aufsässigen Schüler zur Räson? Lassen sich Ratten durch esoterische Rituale vertreiben? Was ist eine Kopfstandkiste? Brauchen Meerschweinchen Dialysen und haben Vietnamesen O-Beine?
Auf diese und andere verrückte Fragen geben die Geschichten Auskunft und sind für jeden Leser gedacht, der ähnliches erlebt hat.
www.bod.de
ISBN: 978-3-7504-3672-5

.